DE PROOI VAN DE ZEEMEERMAN

GEBONDEN AAN MONSTERS

BOEK TWEE

TAMSIN LEY

Twin Leaf Press

Alle personages in dit boek, of ze nu buitenaards, menselijk of iets totaal anders zijn, zijn ontsproten aan de verbeelding van de auteur. Elke gelijkenis met bestaande personen, situaties of gebeurtenissen berust louter op toeval.

Niets uit deze uitgave mag worden verveelvoudigd, overgedragen of verspreid in welke vorm of op welke wijze dan ook zonder uitdrukkelijke schriftelijke toestemming van de auteur, met uitzondering van korte fragmenten voor gebruik in recensies, artikelen of blogs. Dit boek is uitsluitend voor jouw persoonlijk leesplezier in licentie gegeven. Hartelijk dank, veel liefs en dikke kusjes voor jouw aankoop.

Omslag door Tamsin Ley

Papieren versie
ISBN-13: 979-8-89548-051-9
Copyright © 2026 Twin Leaf Press
Oorspronkelijk Copyright © 2017 Twin Leaf Press
Alle rechten voorbehouden.

Twin Leaf Press
PO Box 672255
Chugiak, AK 99567

VOORWOORD

De prooi van de zeemeerman kan als standalone worden gelezen. Wil je de hele onderwaterwereld ontdekken? Begin dan met ***De kus van de zeemeerman***!

Madison stelde de focus van haar verrekijker opnieuw in, terwijl ze zich concentreerde op de golven met witte koppen die op het rif sloegen en haar evenwicht bewaarde op het schommelende dek van de boot. Ze volgde al bijna drie dagen een school dolfijnen, maar was ze gisteren kwijtgeraakt voordat ze dichtbij genoeg kon komen om haar vondst te verifiëren—een wilde hybride kruising tussen *Pseudorca crassidens* en *Tursiops truncatus*. Er was slechts één hybride van deze soort in gevangenschap geboren en nog nooit had iemand hard bewijs geleverd van een exemplaar in het wild. Ze had bewijs nodig. Foto's, om te beginnen. Maar nog belangrijker waren weefselmonsters. DNA-bewijs zou onomstotelijk zijn en een dergelijke ontdekking zou helpen de smet op haar carrière weg te poetsen.

De kleine kruiser werd zijdelings door een golf gegrepen en ze paste haar koers aan om het rollende water recht tegemoet te gaan. Het vaartuig alleen besturen en tegelijkertijd onderzoek doen was lastig, maar na vorig jaar peinsde ze er niet over om nogmaals op de hulp van iemand anders te vertrouwen. *Stellers zeekoe, ammehoela.* Het beest was al meer dan tweehonderdvijftig jaar uitgestorven en had net zo goed een zeemeermin kunnen zijn. En zij was er met open ogen ingetuind, had haar volledige reputatie verbonden aan de 'data' die haar promovendi hadden aangeleverd. Nu stond ze er alleen voor en financierde ze deze reis van haar spaargeld in de hoop nog iets van haar reputatie te redden. *Ik zal ze allemaal wat laten zien.*

Ze controleerde de dieptemeter—achtentwintig meter—en zette daarna haar gepolariseerde zonnebril op om opnieuw de horizon af te speuren. Hoe had ze nu verwacht meer dan een dozijn onderzoeksassistenten aan te sturen, elk snippertje data te verifiëren en ook nog te voldoen aan het publicatieschema van de universiteit om haar vaste aanstelling veilig te stellen? Die vervloekte assistenten beweerden dat het een uit de hand gelopen grap was, maar zij was degene die voor de gevolgen moest opdraaien. De vernedering van de vernietigende feedback van het collegiaal getoetste tijdschrift, de media-aandacht die haar vondst 'ontkrachtte'—het had allemaal haar carrière geruïneerd. Ze was haar positie aan de universiteit en haar beurzen kwijtgeraakt. Zelfs haar knipperlichtrelatie—een dierenarts bij het marien onderzoekscentrum—wilde niet meer met haar geassocieerd worden.

Terwijl ze haar gps-coördinaten noteerde, stuurde ze de boot richting een donkerder gebied waar het kelpwoud bijna het oppervlak raakte. Het groene water sloeg tegen de romp en wierp een fijne zoute nevel de lucht in. Ze hield van de zee. Hield van de geur, het rollen van het dek onder haar voeten, de beet van het koude water tegen haar huid. Hoewel de zon op haar hoofd brandde, maakte de winterse bries zwemmen onaangenaam; anders had ze zich allang uitgekleed om drie dagen zout en vuil van haar huid te spoelen.

Waar was die school dolfijnen? Ze zocht naar de vertrouwde, donkere, kogelachtige vormen onder de golven. Ze moesten binnenkort wel bovenkomen. Haar twee kostbare biopsiepijltjes lagen klaar, als ze maar dichtbij genoeg kon komen. De uitrusting had haar een aanzienlijk deel van haar spaargeld gekost, evenals de boothuur, en de huurovereenkomst liep bijna af.

Ze zette de motor uit, in de hoop dat de school zich zou laten zien. Deze specifieke groep leek schuwer dan normaal, zonder de gebruikelijke dolfijnachtige nieuwsgierigheid naar boten. Ze bleven net buiten het bereik van haar pijltjes, alsof ze precies wisten hoe dichtbij ze moest komen.

Er plonste iets achter de boot. Ze draaide zich om— Het kleine dek vereiste niet meer dan drie passen voordat haar dijen de behuizing van de binnenboordmotor raakten—en speurde het schitterende wateroppervlak af. Door de weerspiegeling op het water was alles wat zich eronder schuilhield moeilijk te onderscheiden, zelfs door haar gepolariseerde glazen.

Weer een plons, ditmaal iets aan stuurboord. Ze verlegde haar aandacht, net op tijd om een felgroene staartvin ter grootte van een dolfijn terug in het water te zien glijden. *Groen?*

Dolfijnen hebben tinten blauw, grijs, wit of bruin. Nooit groen. Zat hij onder de algen? Misschien was het een karkas dat naar de oppervlakte dreef terwijl het ontbond. Maar het had niet bewogen als iets wat dood was…

Ze greep in haar zak naar haar camera en hield die gereed terwijl ze zocht naar beweging. Ze wachtte tien minuten. Twintig. Niets.

Wat het ook was geweest, het leek niet meer terug te komen.

Rubac dook naar de zeebodem en liet de schaduw van de boot ver achter zich. De opwinding over het vinden van een menselijke vrouw alleen was al snel overschaduwd door angst voor zijn zoektocht. Zijn hart bonsde en zijn spieren verkrampten van de spanning. Hij wreef over de parelmoeren visioenstaaf die door zijn tepel gepiercet was, in de hoop zijn zelfvertrouwen te herwinnen. Het profetische visioen dat hij had gehad terwijl hij sluimerde in de holte van de vin van de grote walvis, leek niet langer zo rechttoe rechtaan.

Zijn broer had Rubac altijd hartelijk uitgelachen om zijn mystieke overpeinzingen, zijn geloof in verwante zielen, zijn voorgevoelens. Maar Rubac wist wat hij voelde, wat hij zag, wat hij nodig had. Hij had deze vrouw nodig. Zij zou zijn redding zijn. Zou hem bevrijden van zijn slavernij aan een partnerband die hij nooit zelf had gekozen—een weldra fatale verbintenis nu zijn partner dood was.

Waarom aarzelde hij dan?

Hij kwam tot rust tussen twee grote zeewaaiers en gebruikte ze om aan de stroming te ontsnappen terwijl hij nadacht. De ingebakken gewoonte om vrouwen te vermijden hield hem aan de zeebodem gekluisterd. 'Ze is geen zeemeermin,' hield hij zichzelf voor. 'Je bent hier om haar leven te nemen, niet andersom.'

Toen hij het visioen voor het eerst kreeg, dacht hij dat het vinden van een kwetsbare menselijke vrouw het moeilijkste deel zou zijn. Maar toen was hij de volgende dag al op deze kans gestuit. Een bevestiging dat zijn leidende geest echt bestond. Nu stond hij voor de eigenlijke opdracht. De laatste vereiste van de zoektocht vormde in zijn ogen geen probleem; het doden van een mens zou gemakkelijk zijn zodra hij haar in het water had. Het deel dat hem deed aarzelen was het eerste deel—het deel waarin hij haar moest verleiden. Niet zo eenvoudig voor een gebonden meerman, of zijn partner nu dood was of niet.

In tegenstelling tot zeemeerminnen, die hun partners schaamteloos gebruikten en doodden, bonden meermannen zich voor het leven. Een gebonden meerman was gedoemd tot een leven van ellende terwijl zijn partner keer op keer ontrouw was. Hij voedde de kinderen op en vertroetelde ze als een zeepaardje-vader tot ook zij hem verlieten. De meeste meermannen stierven aan een gebroken hart. Maar nadat Rubacs kind haar geslacht had gekozen en het nest had verlaten, had hij geweigerd weg te kwijnen. In plaats daarvan had hij een snelle dood gezocht en was hij ver de wilde diepten in getrokken, waar hij het geheim van de vrijheid had ontdekt.

Een andere angst kwam naar boven. Wat als hij niet kon presteren? Een zeemeermin zou een falende minnaar aan stukken rijten—letterlijk. Waren menselijke vrouwen net zo meedogenloos?

Het licht dat hem vanaf het oppervlak bereikte, wankelde en werd donkerder toen de boot over hem heen voer. Zij maakte nu jacht op hem. De ironie daarvan ontging hem niet.

Een menselijke vrouw alleen op de oceaan kwam niet vaak voor. Dit was misschien zijn enige kans. Het voltooien van deze zoektocht zou de kwellende partnerband verbreken die hem nu al richting de dood deed gaan.

Hij greep de kleine visharp vast die aan een koord om zijn nek hing. Het instrument was gelijk aan dat wat zijn partner had gebruikt om hem tot paren te lokken. Om hem tot haar slaaf te maken. Lange, bleke tanden rezen op uit de gebogen vorm van wat ooit een zeespons was geweest. Hij was een kwart mijl de wilde diepten in gedoken om het fragiele wezen te oogsten. Het delicate exoskelet kon, mits bespeeld, een onweerstaanbare melodie produceren. Misschien zou een lied niet alleen deze mens verleiden, maar ook zijn eigen libido verhogen.

Een zweem van schuld stroomde door zijn aderen. Hij had aan de andere kant van deze magie gestaan. Hij kende het machteloze verlies van wilskracht dat zij zou ervaren. De zang van de zee sprak tot de oerkern van elk wezen. Het was de magie die zeemeerminnen gebruikten om zeelieden te verleiden. Ze zou er volkomen weerloos tegen zijn.

'Doe het of sterf.' Hij was hoe dan ook gedoemd, dus hij kon er maar beter alles aan geven wat hij had. Terwijl hij met zijn vingertoppen langs de tanden streek, steeg hij op naar de oppervlakte.

HOOFDSTUK 2

Madison borg haar camera op en dook weer onder de overkapping van de stuurhut om de motor opnieuw te starten. Wat ze ook gezien had—als het al echt was geweest—was allang verdwenen, en ze moest die groep dolfijnen vandaag vinden, anders moest ze opnieuw een smak geld neertellen voor de bootverhuur. De motor pruttelde tot leven, maar sloeg toen met een knal weer af. Vloekend zette ze alles uit en liep naar het motorcompartiment om de choke bij te stellen.

Een hoge, zoete toon kaatste over het water als de lach van een klein kind. *Wat was dat?* Ze hield op en speurde de golven af. De toon veranderde in iets wat leek op een zwoele hobo of saxofoon die een lange noot aanhield, begeleid door een dwingend ritme als een hartslag. Was er een ander vaartuig in de buurt dat muziek draaide? Ze zag er geen één.

Ze sloot haar ogen en snoof de zoete, zilte lucht op voordat ze ze weer opende om de bron van het lied te zoeken. De zon schitterde als diamanten op het wateroppervlak, waardoor ze haar ogen tot spleetjes moest knijpen. Was dat een man die naar haar toe zwom?

Hij verdween onder het oppervlak en het lied dreunde door het dek tegen haar voeten. De trilling kroop langs haar benen omhoog in heerlijke rillingen om zich in haar kern te concentreren. *God, dat voelt goed.* Voor ze het wist, stond ze bij de verschansing.

Een man met donker haar kwam ongeveer zes meter verderop boven water, zijn kortgeknipte baard droop van het water. Hij had de brede schouders en het slanke, gespierde bovenlijf van een wedstrijdzwemmer. Een oorbel van een spiraalvormige schelp krulde door een oorlel, en een groot stuk parelmoer doorboorde de tepel van zijn goedgevormde linkerborstspier. Hij streek in een betoverend ritme over een wit voorwerp met tanden dat aan een koord om zijn nek hing, schijnbaar onverstoord door het feit dat hij midden op zee dreef. Wat haar echter het meest opviel, was de limoengroene kleur van zijn ogen. Een gevoel van duizeligheid welde in haar maag op en ze verlangde ernaar te ontsnappen aan de schommelende beweging van het dek. Ze leunde tegen de verschansing om zichzelf in evenwicht te houden.

'Hallo? Hebt u hulp nodig?' Ze wist niet wat ze anders moest vragen. Hij was te ver uit de kust om van het strand te zijn gekomen.

Hij opende zijn mond en de schokkend fysieke melodie die haar naar de zijkant had gedreven, zwol luider aan.

Haar kern spande zich aan met een verrassende intensiteit, heerlijk orgastisch. De wetenschapper in haar vroeg zich vaag af of een orgasme door auditieve stimulatie überhaupt mogelijk was. Daarna stopte ze met analyseren en stond ze toe dat de sensatie haar meevoerde als een krullende groene golf. Haar tepels werden stijf onder haar shirt en warmte verzamelde zich diep in haar buik. Ze klemde beide handen om de rand van de verschansing, haar benen trillend.

De man dook onder en onthulde wat leek op een kanten groene rugvin langs zijn ruggengraat. Een felgroene staart volgde, waarbij de golvende vin een regen van water haar kant op stuurde. Ze knipperde met haar ogen en herwon een vluchtig moment van wetenschappelijke nieuwsgierigheid. *Was dat...? Onmogelijk.* Toen veranderde het lied weer in dat diepe ritme dat tot in haar botten doordrong, opstijgend door het dek, door haar benen. Beukend tegen haar bekken alsof een man diep in haar stootte.

Terwijl ze scherp inademde, wierp ze haar hoofd naar achteren, verloren in de extase. De vloedgolf van primair gevoel overweldigde haar logica. Elke centimeter van haar huid tintelde van elektrisch verlangen en ze smachtte ernaar om aangeraakt te worden. Nu.

Haar hand gleed naar haar borst en streelde haar tepel tot een pijnlijk hoogtepunt. Ze had meer nodig. Ze had deze man nodig, die op de een of andere manier haar meest basale emoties opriep. Vooroverbuigend, met één hand op de verschansing terwijl de andere haar tepel nog steeds klemde, tuurde ze in het water. Waar was hij gebleven?

Zijn gezicht verscheen vlak onder haar en kwam haar tegemoet. Een paar limoengroene ogen boorden zich in de hare met een verleidelijk doel dat overeenkwam met de trillingen in haar lichaam. Ze boog zich naar voren, gehoor gevend aan de roep.

Hij doorbrak het oppervlak en raakte haar lippen met de zijne. Het contact deed haar in een spiraal naar een hoogtepunt storten. Haar greep op de verschansing verslapte en ze stortte langs hem heen het ijskoude water in.

De lippen van de mens ontmoetten die van Rubac met een schok als die van een sidderaal.

Verbaasd zakte hij terug in het water, terwijl zijn gedachten op elkaar botsten als drijfhout in een maalstroom. Zijn lid duwde tegen de opening van zijn schacht, alsof het uit een lange droom ontwaakte.

Waar ging dit over? Was het onderdeel van de zoektocht? Het menselijke contact was totaal niet zoals de verbinding die hij had verwacht. Toen de zeemeermin hem gevangengenomen en aan zich gebonden had, had hij een beklemming gevoeld, alsof zijn hele lichaam was ingesnoerd door slierten kelp. Een ketting die hem voor eeuwig aan zijn partner bond. Wat hij zojuist met de mens had ervaren, voelde meer als de opwinding van het rijden op een zeilvis terwijl die uit het water sprong.

Toen besefte hij dat haar slappe lichaam langs hem heen zonk, haar ledematen in vreemde hoeken. Een dun sliertje bloed volgde haar spoor.

Hij maakte een scherpe duik en ving haar op, waarna hij haar slappe gedaante naar de oppervlakte bracht. Ze moest haar hoofd hebben gestoten toen ze viel. Moest hij haar meenemen naar zijn nest en afmaken waar hij aan begonnen was? Het leek verkeerd om misbruik van haar te maken terwijl ze bewusteloos was. Dubbel verkeerd nadat hij haar met zijn gezang had bezworen.

Hij sloeg een arm om haar middel en trok haar naar de boot toe. Aan de achterzijde had het vaartuig een platform naast de motor en hij slaagde erin zichzelf omhoog te hijsen. Hij klemde haar tegen zijn borst en trok haar het dek op, waar ze boven op hem kwam te liggen. Haar schouder verbrijzelde de visharp tussen hen in, waarbij de delicate tanden braken.

Zijn hele lichaam spande zich aan. Zonder de hulp van de harp zou zijn taak moeilijker worden. Misschien wel onmogelijk. In ieder geval gevaarlijker.

Hij rolde onder haar gewicht vandaan en steunde op één elleboog om naar haar te kijken. Hoewel ze de exotische uitstraling van een zeemeermin miste, leek deze mens aantrekkelijk genoeg te zijn. De contouren van haar borsten drukten tegen de stof van haar shirt zonder dat er iets tussen zat, en de ronding van haar taille liep aangenaam uit naar haar heupen.

Ze lag daar uitgestrekt en ongemakkelijk op het harde oppervlak. Hoe hielden deze mensen het vol om hun hele leven zo zwaar belast te worden? Hij bewoog een hand over haar hart en stelde vast dat haar levenskracht haar lichaam nog niet verlaten had. Daar was zij, een gele gloed vermengd met rijk bruin en bleek oranje. De informatie in die gloed intrigeerde hem; ze was een zoeker naar kennis, net als hij.

Hij trok zich met een rilling terug. Hij moest afmaken waar hij aan was begonnen of vluchten voordat ze bijkwam. Maar nieuwsgierigheid dwong hem haar nog iets langer te bestuderen. Hij was nog maar één keer eerder zo dicht bij een mens geweest, een korte interactie toen zijn broer door een van hen was gevangen in een partnerband. Rubac bespioneerde het stel soms van een afstandje terwijl ze liepen—zijn broer liep!—op een strand, maar hij was nooit naderbij gekomen. Nu stond hij zichzelf toe de details van de huid van deze mens van dichtbij te bekijken. Hij hield van de eenvoud van haar korte, door de wind verruwde haar, haar volle lippen en haar gladde, platte neus. Een klein gouden knopje glom in de plooi van haar neusvleugel en flatteerde haar fluweelbruine huid. De natte stof van haar doorknoopshirt vormde zich naar haar borsten, haar harde bruine tepels smeekten om zijn aanraking. Haar platte buik liep taps toe naar de V waar haar benen samenkwamen en hij merkte dat hij nieuwsgierig was naar wat hij daar zou aantreffen, zo anders dan de vulvaspleet van een zeemeermin.

Ze bewoog en hij trok zijn blik terug naar haar gezicht. Grote bruine ogen knipperden naar hem, en nu de barrière die haar zonnebril eerder vormde weg was, merkte hij dat hij in de diepten van haar ziel viel. Een warm en merkwaardig comfort, alsof hij een verwante geest had gevonden na eeuwig alleen te zijn geweest.

'Wie ben jij?' Haar aura was getint met verwarring en de roze draden van aantrekkingskracht.

Zonder na te denken boog hij zijn gezicht naar voren en kuste haar.

HOOFDSTUK 3

De lippen van de vreemdeling bewogen zo vakkundig tegen de hare dat Madison niet meer logisch kon nadenken. Ze sloot haar ogen en beantwoordde de kus. Haar hand greep zijn biceps vast; zijn spieren spanden zich aan terwijl hij zijn gewicht boven haar ondersteunde, zijn huid warm en glad door het zeewater. De resterende hitte van haar orgasme laaide weer op. Zijn lichaam drukte tegen het hare en ze merkte dat ze haar rug naar hem toe hol trok, hem dichterbij trekkend.

Hij reageerde door met een hand door het haar in haar nek te woelen en haar hoofd te kantelen om de kus te verdiepen. Zijn mond smaakte naar zout en een vleugje gember terwijl hij zijn tong tussen haar tanden schoof. Een golf van hitte explodeerde tussen haar dijen en maakte haar slipje nat.

Ze hapte naar adem, verbijsterd door de krankzinnige reactie van haar lichaam op hem. Deze man was een volslagen vreemdeling en het kon haar niet eens schelen. In haar hele leven was ze nog nooit zo gekust, nog nooit zo in vuur en vlam gezet. Ze wilde niet dat het ophield en weigerde terug te keren naar de logica die gewoonlijk haar leven beheerste. Voor één keer voelde ze zich instinctief. Onvoorspelbaar. Wild.

Ze liet zijn biceps los en gleed met haar hand langs zijn ribben omlaag om uiteindelijk op zijn heup te rusten. Zijn erectie drukte dwingend tussen hen in en ze wilde hem zoals ze nog nooit iemand had gewild. Ze perste haar bekken tegen hem aan, verrukt door de kreun die hij tegen haar lippen slaakte. Zijn hand verliet haar nek en greep haar billen vast, kneedde ze even en gleed toen langs haar zij omhoog naar haar borst. Een sensatie schoot door haar tepel, alsof die haar hele leven al naar zijn aanraking had gehunkerd, en een orgastische tinteling schoot naar beneden om zich in haar onderbuik te verzamelen.

Haar rechterhand, die gedeeltelijk tussen hen in gevangen zat, baande zich een weg naar beneden om de eikel van zijn lul te strelen, en ze was verrast dat hij al ontbloot was. Het kloppende lid pulseerde onder haar aanraking. Ze wilde hem zien. Hem ervaren met al haar zintuigen. Ze opende haar ogen en keek recht in onnatuurlijk limoengroene ogen in een gezicht dat niet zou misstaan bij een Griekse god, met een strakke kaaklijn en een donkere stoppelbaard.

Hij trok zich terug, verbrak het contact van hun lippen en staarde naar haar neer. Haar gezonde verstand begon weer aan haar brein te knagen. *Waar kwam deze man vandaan?*

Ze reikte omhoog om zijn wang aan te raken en een flits van alarm schoot over zijn gezicht. Met beide handen duwde hij zich van haar af. Een vlaag koele lucht scheidde hen als een mes. Hij rolde opzij, greep de dichtstbijzijnde reling vast en verdween overboord. Ze bleef verbijsterd achter met een nabeeld van een felgroene staart op haar netvlies.

Ze schoot overeind en knielde neer om over de rand te turen. *Een staart?* Maar ze had net nog met een man liggen te kussen. Die twee beelden hoorden niet bij elkaar. Meermannen bestonden niet.

En toch tintelden haar lippen nog steeds van zijn kus.

Rubac schoot door het water als een harpoen uit de hand van een jager, een spoor van lust achter zich aan slepend. Waarom was hij gevlucht? Het zou niet uit moeten maken of ze wist wat hij was. Hij moest haar immers toch doden. Als hij bevrijd wilde worden van de partnerband, moest hij het tweede deel van zijn zoektocht voltooien. Maar om de een of andere reden hadden de vraag in de ogen van de mens en de verandering in haar uitstraling zijn dwingende noodzaak doorbroken. Het herinnerde hem eraan wie hij was.

Wat de mens van hem vond, deed ertoe. Hij wilde niet dat ze hem als een monster zag. Zelfs niet als hij op het punt stond er een te worden door haar te doden.

Hoe kon zijn hele wezen nu hunkeren naar een vrouw die niet zijn partner was? Naar een mens? Was dit onverzadigbare verlangen wat zeemeerminnen altijd voelden, wat hen ertoe dreef om steeds weer nieuwe minnaars te zoeken, ondanks de toegewijde man die thuis op hen wachtte? En toch wilde hij geen andere mensen. Hij wilde degene die zich recht boven hem bevond. Hij stopte zijn daling en wreef met zijn vingers over zijn meditatiearmband, op zoek naar kalmte. Op zoek naar leiding. De begeerte die in hem kookte, gaf hem het gevoel een dier te zijn. Zijn zoektocht had niet zo moeten verlopen. Het had een klus moeten zijn. Een last. Snel gedaan en vergeten. Maar hier was hij dan, op de loer in de schaduw van de boot terwijl zijn ballen klopten van begeerte in hun beschermende koker.

Rustig maar. Je bent gewoon al een tijdje niet meer bij een vrouw in de buurt geweest.

Hoe deden zeemeerminnen dit op regelmatige basis? Zou het elke keer zo zijn als hij een mens ontmoette? Een kreet van woede ontsnapte aan zijn keel, waardoor een nabijgelegen school lipvissen uiteenstoof. Hij was zichzelf aan het verliezen. Hij wilde deze vrouw meer dan wat dan ook in zijn leven. Bij de diepten van de oceaan, waarom wilde hij haar zo graag? Het moest dat verdomde lied van de visharp zijn. Het had hem net zozeer in zijn macht als de mens. Maar het lied was voorbij, de visharp gebroken. Het effect had allang uitgewerkt moeten zijn. Waarom vervaagde het niet?

Terwijl hij in een kleine cirkel direct onder de romp zwom, vocht hij tegen de drang om naar de oppervlakte te gaan. Die perfecte borsten strelen en die warme, bruine huid kussen. Zijn lul diep in haar verhitte kern laten glijden. Zijn hele lichaam zinderde van verlangen. *Je brengt jezelf nog eens om zeep,* dacht hij. Ze had hem gezien. Waarschijnlijk wachtte ze hem op met een wapen. Haar soort was gevaarlijk—roofdieren aan de top van de voedselketen. Ze jaagden al op het meervolk sinds de ondergang van Atlantis. Zeemeerminnen jaagden op hun beurt op hun mannen. Er was geen liefde tussen de soorten. Waarom werd hij dan zo sterk tot haar aangetrokken? Het voelde alsof de visharp op hem was gebruikt in plaats van door hem.

Een gevoel van onbehagen bekroop hem. Wat als dat zo was? Wat als hij, in plaats van zichzelf te bevrijden, zichzelf zojuist naar een tweede partnerband had gelokt? Onmogelijk. Meermannen binden zich voor het leven aan één partner. Nee, het moest de kracht van het lied van de visharp zijn. Dat was alles. Hij zou haar opnieuw benaderen, dit keer zonder magie, en de zoektocht voltooien. Het was dat of bezwijken aan de naderende achteruitgang richting waanzin en de dood.

Het verleiden van de mens zonder magie zou echter lastig zijn. Gewoon omhoog zwemmen en zijn gang gaan was geen veilige optie. Hij zou haar andere verlangens moeten aanspreken—ervan uitgaande dat ze geen wapen had. Hij wist aan haar aura dat ze kennis zocht. Ze zou vragen hebben over hem en zijn soort. Misschien kon hij haar daarmee lokken. Dichtbij genoeg komen om haar het water in te trekken …

Nee. Hij wreef met zijn wijsvinger over zijn visioenstaf. Haar naar binnen trekken zou haar bang maken. Hij wilde haar niet verkrachten. Hij wilde haar verleiden. Ze moest zich op haar gemak voelen. Zelfverzekerd. Hij moest zich naar haar wereld begeven. Haar toestaan hem te zien. Hem aan te raken.

Hij zou haar moeten verleiden door zichzelf als lokaas te gebruiken.

HOOFDSTUK 4

Madison bleef als aan de grond genageld staan en staarde naar het water waar dat perfecte exemplaar van een man was verdwenen. Een droombeeld met een wasbordje, schouders als een gymnast… en een staart als een vis.

Haar hoofd tolde en haar benen voelden bijna te zwak om te blijven staan. Was dit allemaal echt gebeurd? Ze legde een hand op haar voorhoofd en voelde de bult die daar zat. Ze had wel eens erger gehad. De verwonding was toch zeker niet ernstig genoeg om hallucinaties te veroorzaken? Sterke hallucinaties zouden een fysiologische reactie kunnen teweegbrengen. Haar vingertoppen gleden naar haar lippen en volgden de contouren van haar gezwollen vlees, terwijl ze de bloedvlek op haar handpalm bestudeerde, afkomstig van drie piepkleine prikjes. Zijn vin was scherp geweest. Beide waren echt genoeg.

Een briesje vanaf het water zorgde voor een vlaag kippenvel op haar huid door haar natte kleding heen. Op trillende benen stond ze op en liep naar de halfbeschutte ruimte rond de stoel van de kapitein. Voordat ze zich uitkleedde, speurde ze het omringende water af, maar het schitterende oppervlak weigerde zijn geheimen prijs te geven. Ze rilde opnieuw; ze moest warm worden.

Ze pelde haar broek uit en liet zich alleen in haar slipje op de draaistoel zakken terwijl ze het zeewater uit haar kleren wrong. Twijfel sloop naar binnen. Meermannen bestonden niet. Elke zenuw in haar wetenschappelijke lichaam ontkende de mogelijkheid, ondanks haar tintelende lippen en bloedende hand. Ze gooide haar kleren over de stoel naast zich om te drogen. Maar als het een droom was geweest, dan was het de meest realistische droom ooit. Ze verlangde ernaar om zijn lichaam weer tegen het hare te voelen en af te maken waar ze aan begonnen waren.

Ze dook de piepkleine hut onder het voordek van de boot in en wurmde zich in schone kleren, haar huid plakkerig door het zoute water. Ze was absoluut overboord gegaan. En op de een of andere manier was ze weer aan boord gekomen. Daar kon geen wetenschappelijke verklaring voor zijn. Dus wat was er precies gebeurd? En waarom had de vreemdeling haar gekust, haar helemaal opgewonden gemaakt, om er vervolgens vandoor te gaan?

Terug op het dek liep ze naar de kant waar de man, of wat hij ook was, was verdwenen. De kabbelende golven vertoonden nog steeds geen spoor van hem, of hij nu mens of meerman was. Een mens had ergens vandaan moeten komen—en ergens naartoe moeten gaan. Maar er was geen land in zicht, geen schepen. Een onderwaterhabitat? Een onderzeeër?

Ze boog over de reling om te kijken. De herinnering aan een bebaard gezicht en verontrustend groene ogen die uit de diepte naar haar toe kwamen, sloeg haar bijna achterover. Ze herinnerde zich het pulserende gezang dat zich rechtstreeks in haar vagina leek te concentreren. En ze herinnerde zich zeker de vraatzuchtige impuls om de belofte van dat lied te consumeren.

Ze richtte zich op en ging met haar vingers door haar vochtige haar, haar ogen onscherp terwijl ze haar herinneringen doorzocht. 'Erger dan een dronken student op een studentenfeest,' mompelde ze, terwijl ze haar hoofd schudde.

Ze herinnerde zich de zware druk van zijn lul tegen haar heup en de fluweelzachte verrassing van zijn naaktheid onder haar vingers. Natuurlijk was hij naakt. Meermannen droegen geen kleren.

Ze likte haar lippen af toen ze besefte wat ze dacht. Wat ze niet kon ontkennen. Ze had een meerman gekust. Ze wierp een snelle blik om zich heen op de boot, half verwachtend dat er een student tevoorschijn zou springen en 'gepakt!' zou roepen. Maar ze was natuurlijk alleen. Deze ontdekking was alleen van haar. Het was echt.

Haar hart hamerde tegen haar ribben. Een hybride dolfijn zou een schijntje zijn vergeleken met het documenteren van een meerman. Ongekend. Maar beweren dat ze een meerman had ontdekt, zou haar nog meer tot mikpunt van spot maken dan ze al was als ze geen onomstotelijk bewijs verzamelde. Ze nam even de tijd om haar coördinaten op haar gps te loggen. Zou hij terugkomen? Waarom was hij in de eerste plaats naar haar toe gekomen? Zeker niet alleen voor een kus. Hij wilde iets, maar wat?

Het enige wat ze wist over zeemeerminnen waren oude volksverhalen over hoe ze mannen naar een waterig graf verleidden. Maar hij had haar niet meegenomen toen ze overboord ging. Sterker nog, hij had haar uit de oceaan getrokken en terug op het dek gezet. Zonder hem zou ze zeker verdronken zijn. Nee, hij kon niet van plan zijn haar kwaad te doen. Hij wilde alleen maar...

Haar kutje trok samen bij de gedachte aan wat hij wilde. Of was dat wat *zij* wilde? Hij was immers vertrokken zonder het af te maken. Waarom? Kleine elektrische schokjes prikkelden haar tepels toen ze dacht aan de absolute magie van zijn kus, de verleidelijke greep van zijn hand in haar nek, op haar kont, terwijl hij haar borst ondersteunde. Lieve hemel, als ze zo bleef doordenken, zou ze zelf moeten afmaken waar hij aan begonnen was.

Onderzoek. Ze moest zich op het onderzoek concentreren. Het bestaan van een meerman bewijzen zou de ontdekking van de eeuw zijn. Ze moest nu haar verstand erbij houden en niet aan haar vagina denken. Ze moest haar strategie plannen. Niet denken aan hoe goed het zou voelen om haar benen om zijn heupen te slaan, haar borsten tegen dat gespierde bovenlijf te drukken…

Hou op. Ze pakte het biopsiepistool en stak het in haar broeksband. Haar kleine camera propte ze in de borstzak van haar shirt. Ze moest op alles voorbereid zijn. Haar gegevens moesten allesomvattend zijn. Weefselmonsters. DNA. Misschien kon ze een manier bedenken om het wezen te vangen als het terugkwam, een soort net…

Ze verstijfde toen ze besefte wat ze dacht. Was hij een wezen of een man? Een deel van hem was absoluut puur man. Ze stond op het punt een precedent te scheppen voor hoe hij door de rest van de mensheid zou worden behandeld.

Misschien moet ik hem gewoon neuken. Hoe is dat als precedent? Haar kutje trok instemmend samen.

Maar serieus, als hij terugkwam, wat moest ze dan doen?

Met hem praten. Kon hij praten? Als hij dat kon, zou ze het gesprek filmen. Het eerste contact documenteren. Nou ja, tweede contact, maar wie hield dat bij?

Ze pakte een klapstoeltje en ging zitten om te wachten tot haar droomminnaar weer zou verschijnen.

HOOFDSTUK 5

Madison wist niet hoe, maar ze keek precies naar de juiste plek toen hij weer boven water kwam. Hij rees geruisloos op en naderde voorzichtig van een afstand van ongeveer dertig meter, met het middaglicht in zijn rug en het glinsterende water om hem heen. Ze slikte, haalde haar camera uit haar zak, richtte hem en startte de opname. Daarna stond ze op en liep naar de verschansing.

'Hallo!' Haar stem trilde en ze slikte nogmaals. Zou hij Engels spreken? Kon hij überhaupt praten? Hij was magnifiek: brede schouders, een glanzende goudbruine huid. Maar vanaf hier kon ze geen staart zien. Niets wees erop dat hij iets anders dan menselijk was.

Op ongeveer tien meter afstand hield hij halt. 'Gegroet.' Zijn diepe stem rolde over het water als de belofte van een storm.

Godzijdank, hij kan praten! Ze controleerde het schermpje van de camera om er zeker van te zijn dat ze hem in beeld had. 'Mijn naam is Madison. Hoe heet jij?'

'Rubac.'

'Ben je... wat ben je?'

De wind was aangewakkerd met het dalen van de zon en zijn torso steeg en daalde mee op de deining van de zee, maar zonder te onthullen wat eronder lag. 'Jouw soort zou mij een meerman noemen.'

Golven kletsten luidruchtig tegen de romp. Ze bad dat de microfoon zijn woorden oppikte. 'Mag ik... mag ik je zien?'

Hij glimlachte en boog voorover voor een duik. Een stekelige groene rugvin kliefde door de lucht, gevolgd door een smaragdgroene staart. Ze greep de verschansing vast om haar plotseling slappe benen te ondersteunen. Het rollen van het dek had nog nooit zo onvast aangevoeld. 'Je bent echt.'

'Nu is het jouw beurt,' zei hij, terwijl hij dichterbij kwam.

Ze fronste haar wenkbrauwen. 'Mijn beurt? Wat bedoel je?'

'Ik wil jou zien,' bromde hij. De kille beet van de bries maakte haar ervan bewust dat haar slipje nat was. Het werd nog natter toen hij beval: 'Trek je shirt uit.'

Voor het eerst welde de gedachte in haar op dat deze man haar kwaad zou kunnen doen. Ze was hier helemaal alleen. Haar maag trok samen en haar vrije hand vloog naar haar borst om die te bedekken. 'Ben je...' Ze slikte. 'Waarom?'

Hij sloeg zijn ogen neer, alsof hij verlegen was, en zakte weg in de golven tot alleen zijn hoofd nog boven water kwam. 'Ik ben ook nieuwsgierig naar jou.'

Ze likte haar lippen af, haar blik op hem gevestigd. Hij was ook nieuwsgierig. Eerlijk is eerlijk. Wat kon het voor kwaad om het hem te laten zien? Ze had nooit problemen gehad met haar eigen lichaam. Droeg alleen een beha als het echt moest. Nu droeg ze er trouwens geen. Ze kon het geluid later wel uit de video knippen en niemand hoefde te weten wat ze had gedaan. Bovendien wilde ze dat zijn ogen op haar gericht waren. Ze wilde eigenlijk nog veel meer dan dat.

Ze zette de camera, die nog steeds opnam, op de verschansing, luste de polsband om de houder van een hengel en ging toen recht voor hem staan. De beet van de avondbries maakte haar hyperbewust van haar eigen huid, terwijl ze haar shirt langzaam over haar hoofd tilde. Zijn hongerige blik stuurde kleine rillingen langs haar zij en verzamelde zich als een brok hitte in haar onderbuik.

Tot haar genoegen verscheen er meer van hem boven de golven; het water liep in glinsterende stroompjes van zijn armen en ribben. Zijn tepels waren harde, perfecte cirkels in het midden van bijna vierkante borstspieren. Verdorie, ze had nog nooit een menselijke man gezien die aan zijn borstkas en buikspieren kon tippen. Ze vroeg zich af hoe zijn onderste helft er werkelijk uitzag.

Ze liet de stof sensueel van haar armen glijden en op het dek vallen. Haar tepels verhardden zich alsof ze zijn handen uitnodigden om de toppen te plagen. Ze stak haar kin vooruit en zei: 'Jouw beurt.'

Hij glimlachte en legde beide handen achter zijn hoofd, waarna hij achteroverleunde tot hij op zijn rug aan de oppervlakte dreef. Zijn glanzende groene staart streelde het water met een lome sensualiteit; de vin aan het uiteinde was een brede, rimpelende waaier. Maar ondanks de fascinatie die zijn staart bij haar opwekte, werd ze het meest gegrepen door wat zich net onder zijn navel bevond, oprijzend uit een spleet waar zijn zongebruinde buikspieren overgingen in zijn felgroene staart. Zijn gezwollen lul leek te kloppen in reactie op haar aandacht. Hij streek met één hand langs zijn lengte en ze rilde.

Ze dwong haar blik naar zijn gezicht, terwijl haar eigen schoot pijnlijk klopte in een primitief antwoord op zijn vertoon. Haar ademhaling versnelde tot kleine, hijgende teugen. *Focus, Madison. Je bent een wetenschapper, geen tienermeisje dat op zoek is naar een avontuurtje.* Ze schudde haar hoofd alsof ze het zo kon bevrijden van de hormonen en dacht aan de camera. Ze stelde het beeld bij en trok de lus van de polsband strakker om de houder heen. Haar blik gleed terug naar het magnifieke wezen in het water, wiens buikspieren en borstkas glansden in de zon terwijl zijn gespierde staart een spoor in het water achterliet.

En toen besefte ze het: hoe spectaculair de beelden ook waren, ze zouden nooit geloofd worden zonder bijbehorende gegevens. Foto's konden gemanipuleerd worden. Ze had op zijn minst huidmonsters nodig. DNA. Bloed. Haar biopsiepistool zat nog steeds in haar broekband gestoken. *Zodra je dat ding pakt, vlucht hij.* Misschien kon ze hem overhalen om bij haar aan dek te komen en zelfs vrijwillig een monster of twee af te staan. *Breek het ijs. Stel hem wat vragen.*

'Dus, Rubac. Kom je hier vaker?' Geweldig. Ze nam haar toevlucht tot tweederangs versiertrucs.

Hij dreef dichterbij tot hij vlak naast de romp dreef. 'Ik ben ver van huis.'

'Wat is je gebruikelijke leefomgeving?' Beter. Houd het wetenschappelijk. Maar zijn gezwollen lul was verdomd afleidend.

'Meervolk bevolken de hele oceaan.'

'Ik heb een groot deel van mijn leven op de oceaan doorgebracht.' Ze sloeg haar armen over elkaar. 'Ik heb er nog nooit een gezien.'

Hij haalde zijn schouders op. 'Wij kiezen ervoor om niet gezien te worden.'

'Waarom kies je er dan nu wel voor?' Ze kneep haar ogen samen, terwijl wantrouwen langs haar ruggengraat omhoogkroop. 'En hoe ken je mijn taal?'

'Wij zingen vele liederen onder water. Communiceren op vele manieren.' Zijn staart sloeg omhoog en hij maakte een rol in het water en dook toen onder. Snel als de bliksem kwam hij dichter bij de boot weer boven. 'Wat wil je nog meer weten?'

Haar hartslag versnelde tot een denderend tempo. 'Wil je aan dek komen zodat ik je goed kan bekijken?'

Zijn lippen krulden in een grijns. 'Trek je broek uit. Laat mij eerst jou bekijken.'

Een rilling trok door haar heen. Wilde hij het spelletje blijven spelen? Best. Ze speelde mee. Ze spreidde beide handpalmen over haar naakte buik op een manier die hopelijk sensueel was en bewoog ze naar binnen om de knoop in haar taille los te maken. Zijn limoengroene ogen volgden haar handen hongerig. Ze trok de rits open en gleed met één hand naar binnen, waarbij ze zichzelf omvatte en een opzettelijk zacht gekreun van genot slaakte toen haar vingertop haar kloppende clitoris raakte.

Zijn mond viel een stukje open en zijn tong kwam even tevoorschijn. Alleen al bij de gedachte aan die tong op haar clitoris trok alles van binnen samen. Zijn blik zocht de hare. 'Uit,' zei hij.

Ze duwde de broekband omlaag over haar heupen, zich plotseling bewust van haar eenvoudige katoenen slipje. Zou een meerman merken dat ze geen sexy lingeriesetje aanhad? Haar broek viel in een hoopje rond haar enkels en zijn blik gleed gulzig over haar heen en weer. *Blijkbaar niet dus.* Ze slikte en zei: 'Oké, hij is uit. Je zei dat je aan boord zou komen.'

Hij zwom naar het achterschip. Beseffend dat ze dit moment op film moest vastleggen, rukte ze haar blik van hem los en greep de camera, die ze op de verschansing richtte. De boot schommelde onder zijn gewicht en met een krachtige beweging van zijn schouders tilde hij zichzelf met verrassende behendigheid omhoog. Hij kwam over de rand en nam een golf zeewater met zich mee.

Het dek was al niet erg ruim en ze stond vlakbij met de bedoeling de nabijheid te benutten om hem te documenteren. Zijn zwiepende staart overgoot haar met water. Erger nog, hij raakte de camera, die uit haar handen werd gerukt en overboord vloog. 'Nee!'

schreeuwde ze, terwijl ze er wild naar graaide. Maar het was te laat. De camera en al haar bewijsmateriaal zonken uit het zicht.

Ze draaide zich om en zag hem daar zitten, klaar om achterover weer de zee in te rollen. Zijn triceps en rugspieren spanden zich aan, zijn staartvin plat tegen het dek gedrukt. Zijn groene ogen boorden zich vol onzekerheid in de hare.

Ze dwong zichzelf te glimlachen en stak beide handen in de lucht als teken van vrede, ook al kookte het vanbinnen. De video was weg, maar ze had het echte werk recht voor haar neus. Een kans om veel meer te krijgen dan alleen beelden. *Jaag hem niet weg.* 'Mijn fout. Ik had je meer ruimte moeten geven.'

Zijn armen ontspanden zich en hij liet zich in een zittende positie op het dek zakken met zijn rug tegen de binnenkant van de romp. Zijn juweelachtige staart strekte zich naar haar uit en de vin rustte op slechts enkele centimeters van haar tenen vandaan. Zo dichtbij zag het felle groen er bijna nep uit. Ze liet haar blik van zijn vin omhoogdwalen naar de plek waar zijn kruis zou zitten. Zijn lul was weer in zijn schacht gegleden, maar de welving bleef zichtbaar als bewijs van waar hij zat. Ze besefte dat ze te lang naar die plek had gestaard en keek op om te zien dat zijn limoengroene ogen vol pret stonden.

'Je mag me aanraken als je wilt.'

Met een blos op haar kaken hurkte ze om haar vingertoppen over zijn vin te laten gaan. Hij trilde onder haar aanraking en de randen krulden om haar hand heen in een wederzijdse streling. Haar huid tintelde bij het contact, dat zo onschuldig was en toch op de een of andere manier suggestief aanvoelde. 'Ik kan niet geloven dat ik een echte meerman aanraak.'

'Ik kan niet geloven dat ik door een echt mens word aangeraakt.'

Het diepe timbre van zijn stem leek tot in haar botten door te dringen en riep een primitieve reactie op die ze evenmin onder controle had als haar hartslag. Ze werd zich pijnlijk bewust van haar blote borsten, van een hitte tussen haar benen, van een jeuk die gestild moest worden. Als een zeeman die te veel dagen achtereen op zee was geweest, was ze er klaar voor. Ze smachtte ernaar om zichzelf op zijn wachtende schacht te spietsen. En deze meerman was zo ontzettend mannelijk. Brede borst, een wasbordje en die ogen.

Die ogen die haar op dit eigenste moment wenkten om dichterbij te komen.

Ze merkte dat ze op handen en knieën zat, schrijlings over zijn start, terwijl ze naar boven kroop. *Ik wil zien waar vis overgaat in man,* probeerde ze het voor zichzelf te verantwoorden. En zijn sieraden. Ze was altijd al gevallen voor mannen met piercings. Ze hield haar ogen op de zijne gericht, voortgetrokken tot ze schrijlings over zijn heupen zat.

Ze onderbrak haar kruistocht en liet haar vingers over de parelmoeren pin in zijn tepel glijden.

De meerman zoog hoorbaar adem in, greep haar armen vast en trok haar naar zich toe voor nog een overdonderende kus.

HOOFDSTUK 6

Op het moment dat de mens zijn vin aanraakte, wist Rubac dat hij haar voor zich gewonnen had. Haar aura was al roze van interesse sinds het moment dat hij was gearriveerd, maar nu schoot het omhoog van verlangen, met felrood schitterende flitsen door het goud van haar nieuwsgierigheid. Hij had zijn lied niet eens hoeven gebruiken. Ze wilde hem.

En hij wilde haar.

Maar toen ze zijn tastorgaan had gestreeld, was zijn verlangen omgeslagen in iets diepers. Het kwam met razernij opzetten, als een zomerstorm. Elke vorm van controle die hij dacht te hebben, verdween. Hij nam haar gezicht in beide handen en drong haar mond binnen. Ze smaakte naar zoete kombu en een zweem van kokosnoot, wat hem deed denken aan zijn dagen als vrijgezelle meerman, toen hij brutaal genoeg was om dicht langs de vulkanische eilanden rond de evenaar te zwemmen.

Ze liet haar gewicht op zijn heupen rusten en haar hitte verspreidde zich via zijn schacht. Terwijl ze tegen hem aan leunde, beantwoordde ze de intensiteit van zijn kus. Hij liet zijn handen naar haar heupen zakken en kneedde haar zachte vlees. Het gevoel van haar benen om hem heen dreef hem tot waanzin van lust. Met één hand zette hij zich af van het dek en draaide zich om zodat hij boven op haar kwam te liggen, waarbij hij zijn handen plat op het dek aan weerszijden van haar schouders plaatste. Haar kleine borsten streken langs zijn borstkas, en ze wiebelde om haar bekken tegen het zijne te drukken. Ze streek met haar handpalmen over zijn ribben en langs zijn triceps, terwijl haar hielen, die zich in zijn achterste boorden, ervoor zorgden dat zijn lid tegen de beschermende huid drukte, zoekend naar de roep van tussen haar benen.

Zonder de kus te verbreken, liet hij een hand over haar tepel glijden en kneep er zachtjes in terwijl hij haar naakte borst omvatte. Ze boog haar rug tegen hem aan als aanmoediging. Hij liet zijn streling lager zakken, over haar ribben naar de ronding van haar middel. Hij volgde de lijn van haar heup. Hij gleed met zijn hand naar de plek waar hun heupen elkaar raakten en merkte dat een dun laagje stof haar opening bedekte. Hij legde zijn handpalm over haar venusheuvel en krulde zijn vingers naar de hitte tussen haar benen.

Ze kermde en drukte zich tegen zijn hand aan, terwijl ze met haar eigen hand onhandig naar zijn middel zocht. Ze duwde de stof opzij en drong er bij hem op aan zijn vingers eronder te laten glijden. Haar spleet was glibberig en klaar voor hem, haar clitoris gezwollen en pulserend. Hij draaide zachte cirkels om het knopje, terwijl haar hitte hem tussen de lippen omlaag trok en weer omhoog. Zijn lid klopte aandringend op de plek waar het tegen haar heup drukte.

Terwijl ze hem bleef kussen, rolde ze haar slipje omlaag tot om haar dijen en schopte haar benen vrij. Haar roze en karmozijnrode aura brandde van hartstocht. Het overspoelde hem. Het verteerde hem.

Zelfs als hij had willen stoppen, had hij dat niet gekund. Haar honger beheerste zijn hele wezen. Wat hij had gedacht dat zijn triomf zou worden, had hem opnieuw gereduceerd tot een slaaf. Hij was er klaar voor, en haar benen hielden hem gevangen, trokken hem dichtbij. Ze dwongen de lengte van zijn lid langs haar glibberige opening. Haar schaamlippen leken hem te kussen en beloofden hem het genot van haar diepten. De zachte donshaartjes op haar heuvel, zo anders dan de volkomen gladheid van een zeemeermin, voegden een extra sensatie toe die hem bijna over het randje dreef.

Ze pakte zijn gezicht vast en leidde zijn hoofd omlaag naar een van haar borsten. Haar donkere tepelhof was hard, de tepel gezwollen en wachtend. Voorzichtig met zijn scherpe tanden likte hij over haar huid, wat een korte snak naar adem bij haar teweegbracht. Ze boog haar rug. Hij nam eerst de ene, dan de andere tussen zijn lippen, waarbij hij oppaste de huid niet te beschadigen. Ze rilde, en de nauwe opening tegen zijn lid werd overspoeld door vocht.

'Ik wil je,' smeekte ze.

Hij trok zich iets terug en liet de eikel van zijn schacht de opening van haar welkome diepten plagen. Haar ogen ontmoetten de zijne, de diepbruine irissen bijna volledig overschaduwd door zwarte pupillen. Ze knikte, terwijl de druk van haar hielen in zijn achterste hem aanspoorde om verder te gaan.

Hij stootte naar voren en de extase van hun vereniging was als een opkomend tij dat als een tsunami door zijn bloed steeg, onzichtbaar maar onvermijdelijk in zijn kracht. Hij begroef zichzelf diep in deze vrouw, deze mens, en kwam slechts omhoog om keer op keer weer diep naar binnen te dringen. Zijn opbouwende orgasme steeg tot bijna pijnlijke hoogten, wachtend op de komende piek.

Ze beantwoordde elke stoot, terwijl haar aura veranderde van scharlakenrood naar paars, naar stralend wit, terwijl ze samen met hem naar het hoogtepunt toewerkte. Ze leken allebei dezelfde golf te beklimmen, hand in hand de top bereikend om de rollende rand te grijpen die hen vooruit zou stuwen in vervoering.

Haar hitte pulseerde om hem heen en molk hem leeg in een sidderende ontlading. Hij zakte door zijn ellebogen om uitgeput op haar te blijven liggen, de verhitte huid tegen de verhitte huid. Haar ademhaling liep gelijk met de zijne, ruw en uitgeput door de hartstocht.

Hij drukte zijn voorhoofd tegen het hare, zijn geest beneveld door verlangen. 'Prachtig,' zong hij het woord in haar taal. Een verlangen om haar mee te nemen onder de golven en haar deze passie opnieuw te laten beleven, ditmaal gedragen door de stroming, gierde door zijn bloed. Om haar zijn nest te laten zien en het te vullen met alle schatten en snuisterijen die haar hart maar kon begeren. Verhalen van de zee te zingen om haar te vermaken. Ze was er al in geslaagd hem te doen vergeten hoeveel pijn zijn hart deed door het verlies van de levensgezel van wie hij nooit had gehouden en het kind dat hij waarschijnlijk nooit meer zou zien. Hij wilde haar verdedigen en beschermen en haar gelukkig maken. Deze mens zorgde ervoor dat hij weer wilde leven, precies zoals zijn profetische visioen hem had verteld.

Toen herinnerde hij zich zijn missie. Nu hij haar verleid had, moest hij het afmaken. Haar warme geur vulde zijn hoofd terwijl zijn vingers zich in machteloze vuisten tegen het dek klemden. Het was niet de bedoeling dat hij zich zo voelde. Doden had het makkelijke gedeelte moeten zijn.

Met trillende spieren dwong hij zichzelf overeind, terwijl hij het gewicht van zijn eigen lichaam vervloekte. Ze staarde hem aan, met een klein rimpeltje tussen haar wenkbrauwen. 'Wat is er?'

Hij kon haar nu niet aankijken. Haar in de ogen kijken. Weten dat hij op het punt stond haar te verraden. Met zijn zenuwen in brand greep hij de nabijgelegen reling vast en lanceerde zichzelf terug in de zee.

Madison rolde op haar zij, haar lichaam plotseling koud zonder zijn warmte, en worstelde zich op haar knieën om over de rand te kijken. Weg, als de stereotiepe man na een one-night-stand. Was dat alles wat hij had gewild? Haar borst deed pijn.

Tot zover het wetenschappelijk onderzoek. Haar foto's waren weg. Ze had geen huid- of bloedmonsters verzameld. Wat was er mis met haar?

Haar broek lag in een plas bij het motorcompartiment. Een hittegolf trok door haar heen toen ze zich herinnerde hoe ze die over haar dijen naar beneden had laten glijden om hem te verleiden. De wind bezorgde haar kippenvel op haar benen. 'Houd je hoofd erbij,' zei ze tegen zichzelf. 'Eerst het belangrijkste: aankleden.' Nadenken zou onmogelijk zijn totdat ze weer een basisniveau van comfort had bereikt.

Ze raapte haar spijkerbroek op. De natte spijkerstof zou erger zijn dan naakt zijn. Ze dook het ruim in waar ze de afgelopen drie dagen had geslapen en pakte een schone onderbroek. Halverwege het aantrekken hield ze even in.

Ze had geen weefselmonsters genomen, maar er was één biologisch monster waar ze toegang tot had.

De warmte die nog steeds langs haar dijen omlaag sijpelde.

Haar keel voelde dichtgeknepen toen ze haar biopsiekit opende voor een steriel wattenstaafje. Hoe kon ze zo stom zijn? Onbeschermde seks? Wie wist wat voor ziektes meermannen bij zich droegen? En hoe zat het met een zwangerschap? Was dat überhaupt een mogelijkheid? Haar brein tolde van de vragen waar ze geen antwoord op had.

Ze scheurde het steriele wattenstaafje open en aarzelde. Op de een of andere manier voelde het als verraad om een monster van zichzelf te nemen. Alsof ze een verkrachting zou claimen na een volledig vrijwillige vrijpartij. Bovendien, hoe moest ze de procedure uitleggen die ze had gebruikt om dat monster te verkrijgen? 'Ik heb een meerman aan boord gelokt en hem besprongen om sperma te verzamelen voor onderzoek.' Dan zou ze zichzelf pas echt belachelijk maken.

Toch zou het monster legitiem zijn, of hij nu een man of een vis was. Verdomme, het was misschien wel haar enige monster.

Ze nam bij zichzelf een monster af en plaatste het in een isolatiebuisje voordat ze het opborg. De gedachte dat ze haar seksleven gebruikte voor wetenschappelijke doeleinden, maakte haar misselijk. Misschien zou hij terugkomen. Die gedachte was idioot, dat wist ze. Zoals wachten op een telefoontje de volgende dag dat nooit kwam. Maar er was altijd een kans. Nooit eerder had ze zo'n verbinding met een man gevoeld. En Rubac leek ook echt in haar geïnteresseerd te zijn geweest.

Ze had de boot pas tot morgen. Moest ze hier op hem wachten tot hij terugkwam, of was ze gewoon dom? Haar wetenschappelijke verstand zei haar dat ze haar verlies moest nemen. Maar haar hart zei haar dat ze tot morgen moest wachten. Niemand had zulke verbazingwekkende seks om daarna gewoon verder te gaan met zijn leven, toch?

Rubac móést terugkomen.

De zee koelde Rubacs verhitte huid af en kalmeerde het bloed dat door zijn aderen gierde. Hoe kon hij het over zijn hart verkrijgen om haar te doden? 'Daarom is het een beproeving,' hield hij zichzelf voor. 'Het hoort niet makkelijk te zijn.'

Maar als hij haar zou doden, zou hij niet beter zijn dan de zeemeerminnen die hij verafschuwde.

Hij kon de gedachte niet verdragen dat het bloed van de mens—Madison—aan zijn handen zou kleven. Ze was geen dodelijk roofdier. Ze was een zoeker naar kennis, net als hij. Een bezoeker in zijn oceaan. En haar aura oefende op hem een even grote aantrekkingskracht uit als de gleuf tussen haar benen.

Hij dreef doelloos rond en liet zijn gedachten met zich meevoeren. Zijn tijd aan de oppervlakte had zijn huid uitgedroogd en de zon had een branderig gevoel achtergelaten. Hij tilde zijn armen op en draaide in een luie spiraal door het water, genietend van de stroming tegen zijn huid. De last van zijn aura was afgenomen dan het in decennia was geweest, sinds voordat hij gevangen zat in de partnerband. Hij had plotseling het gevoel dat hij weer van de zee kon genieten.

Terwijl hij verfrissend water door zijn kieuwen zoog, schoot hij op een school señorita-vissen af en cirkelde om hen heen tot ze een kleine zilveren bal vormden. Hij dook naar de rotsachtige bodem, joeg een bot uit zijn rustplaats in het zand op en maakte toen een scherpe bocht omhoog om een zeebaars over zijn buik te kietelen. De vis rolde op zijn zij en bedelde om meer.

Hij had zich nog nooit zo levend gevoeld.

Hij rolde op zijn rug en staarde omhoog naar de donkere stip van de boot aan de oppervlakte. Hij zocht naar enig restant van verlangen naar zijn overleden partner en vond niets. Zijn aura voelde werkelijk vrij aan. Moest hij werkelijk een mens doden om de partnerband te verbreken? Of was intimiteit de sleutel tot dit alles geweest?

Hij voelde zich vrij. Daarom was hij vrij. De gedachte bracht een glimlach op zijn gezicht en hij zette vaart om terug te gaan naar de kelpwouden. Misschien had het walvisorakel hem met opzet misleid. Als de missie alleen verleiding had ingehouden, zou Rubac er waarschijnlijk nooit aan zijn begonnen, uit angst dat het einde onmogelijk zou zijn. Door van de verleiding slechts een stap naar een doel te maken, had hij een andere eindstreep gekregen om zich op te concentreren, waardoor hij de taak had kunnen volbrengen.

Wat achteraf eigenlijk niet eens zo'n zware opgave was geweest. Zijn lul roerde zich bij de herinnering aan Madisons zachte rondingen en haar uitnodigende diepbruine ogen. Misschien zou hij zelfs overwegen om haar opnieuw op te zoeken. Hij stopte met zwemmen en staarde naar een donkere rots die uit de zeebodem stak.

Ondanks zijn neerslachtigheid wanneer zijn partner hem vroeger verliet, had hij nooit uitgekeken naar een hereniging met haar. Seks met haar was, hoewel genotvol, altijd een karwei geweest. De ontmoetingen lieten hem uitgeput achter, zijn ziel zwak en breekbaar. Na haar bezoeken had hij dagen nodig gehad om te herstellen. Meermannen geloofden dat de zwakte na de daad puur voortkwam uit eenzaamheid en het verlangen naar een partner die vertrokken was. Maar wat als het meer was? Wat als zijn partner elke keer dat ze hem bezocht een klein stukje van zijn ziel had geconsumeerd om haar eigen ziel te versterken? Stukjes van zijn levenskracht weggehakt had totdat hij niet langer zonder haar kon overleven? Had deze menselijke ontmoeting zijn levenskracht vernieuwd?

Hij stak een hand uit en kneep zijn ogen samen om zijn eigen aura te observeren. Het gebruikelijke diepe goudoranje spreidde zich in een brede band over zijn huid, dooraderd met krachtige, violette pulsen van vitaliteit. Nooit eerder had hij zijn eigen kleuren met zo'n helderheid gezien. Hij slaakte een vrolijk gezang, waardoor een nabijgelegen school grondels opschrok. Hij had de band verbroken!

Toen kwam er een andere gedachte bij hem op. Deze verjongende kracht moest ergens vandaan komen. Hij had zijn ziel niet helemaal in zijn eentje weer heel gemaakt. Wat als hij deze aanvullende levenskracht had gestolen en Madison net zo leeg en kwetsbaar had achtergelaten als hij zich elke keer had gevoeld wanneer zijn partner hem verliet?

Was dit wat de walvis had bedoeld toen hij zei dat hij de mens moest offeren?

De vreugde over het besef dat hij Madison niet hoefde te doden sloeg om in bitterheid. Als wat hij vermoedde waar was, dan was hij niet beter geweest dan de zeemeerminnen die hij verafschuwde, door een geliefde uitgeput en gebroken achter te laten.

De schaduw van de boot was nu nergens meer te bekennen; de voorheen heldere hemel boven het oppervlak werd steeds donkerder. Hij herinnerde zich de prachtige kleuren van het aura van de mens, de heldere oranjegele tinten die hem vertelden dat ze een zoeker was, net als hij. Angst beklemde zijn maag, een beschermend gevoel stroomde door hem heen zoals hij dat alleen voor zijn kinderen had gevoeld. Hij wilde niet zijn als zijn overleden partner en de andere zeemeerminnen, die hun geliefden leeg en lijdend achterlieten.

Terwijl hij een stroom bellen uitblies, schoot hij omhoog naar de rollende golven, zijn staartvin slaand zo snel als zijn spieren toelieten. Hij moest zeker weten dat het goed ging met Madison.

HOOFDSTUK 8

Madison stelde de radio bij en liep naar voren om het anker uit te werpen. Verdomd verhuurbedrijf. Als ze de boot nog een nacht hield, zou ze een deel van haar borg kwijtraken als vergoeding voor de vertraging. Hoe ze de huur van volgende maand moest betalen, deed er nu even niet toe. Dit was waarschijnlijk de domste actie die ze ooit had ondernomen—nog dommer dan geloven in de Stellers zeekoe. Maar haar hart kon niet nóg een nederlaag incasseren.

Ze haalde haar slaapzak uit het ruim, schopte haar schoenen uit en zette een klapstoel neer zodat ze over de oceaan kon uitkijken terwijl ze op een proteïnereep kauwde en een energiedrankje achterover sloeg. Ze hield niet van die dingen, maar ze moest wakker blijven. De zon zakte in de oceaan en wierp schitterende neonkleuren over de horizon. Gelukkig zou de maan vannacht voor meer dan de helft vol zijn. Nu haar camera weg was, moest ze op de camera van haar telefoon vertrouwen om beelden vast te leggen. Die had slechts beperkte mogelijkheden bij weinig licht en ze zou van geluk mogen spreken als ze überhaupt een fatsoenlijke opname kreeg.

Ze wist nog niet precies hoe ze zou handelen als de meerman weer opdook, maar ze was niet van plan er spijt van te krijgen dat ze niet voorbereid was. Een van de biopsiepijltjes rustte op haar schoot en haar telefoon hing aan een koord om haar nek. Geen sprake van dat ze het risico nam die te verliezen. Ze nestelde zich in de stoel met de slaapzak strak om zich heen gewikkeld om de avondkou buiten te sluiten.

Haar voorhoofd deed pijn op de plek waar ze het tegen de boot had gestoten en ze moest zichzelf dwingen niet aan het korstje te krabben. Om haar handen bezig te houden, haalde ze het pijltjesgeweer leeg en laadde het opnieuw. Ze nam een selfie met flits om te controleren of de camera werkte, wiste deze vervolgens en zette de flitser uit voor nachtfotografie op afstand. Ze ritste haar slaapzak open en dicht bij haar voeten om de perfecte temperatuurbalans te vinden.

De oceaan glansde zwart onder een triljoen sterren, wachtend op een maan die op dat moment slechts een schijnsel aan de horizon was. Het was een lange dag geweest: eerst vroeg opstaan om die dolfijnen te achtervolgen en daarna de opwinding met de meerman. Wat was er met die dolfijnen gebeurd? Ze vroeg zich af of de meerman ze had weggejaagd. Wat aten meermannen eigenlijk?

Die gedachte riep een ondeugend alternatief bij haar op en ze vroeg zich af hoe zijn mond gevoeld zou hebben terwijl hij haar befte. Haar lichaam werd warm bij de gedachte. Verdomme, ze wilde hem. Alweer. Ze likte langzaam over haar lippen terwijl haar intieme delen tintelden bij de herinnering. Dit zou een lange nacht worden.

Een plons deed haar uit haar stoel opspringen. Haar hart sloeg een versnelling over toen ze een bons tegen de romp hoorde. *Hij is terug.* Met een zware ademhaling deed ze een stap achteruit, richtte haar telefoon—en struikelde over haar slaapzak. Haar benen begaven het en haar achterwerk raakte het dek met een pijnlijke schok. Het biopsiepijltje glipte uit haar greep, maar gelukkig bleef de telefoon om haar nek hangen.

De lage stand van de maan aan de horizon tekende de schaduw af van het hoofd en de schouders van een man die over de reling van de boot tuurde.

Terwijl ze zichzelf vervloekte omdat ze de flitser had uitgezet, hannesde ze in het donker met de instellingen. Ze had niet verwacht dat hij zo snel zo dichtbij zou komen.

Een baritonstem sneed door de nacht. 'Je aura is bleek. Mijn excuses.'

Haar vinger zweefde boven de cameraknop. 'Excuses?'

'Voor wat ik van je heb genomen.'

Ze liet de telefoon zakken, niet bereid hem met de flits te verjagen. Als ze nu een foto nam, kreeg ze toch alleen maar zijn menselijke helft boven het dolboord te zien. 'Wat heb je genomen?'

'Voel je het niet?'

Ze schudde haar hoofd. 'Wat voelen?'

'Je aura is verzwakt. Ik wil je niet beschadigd achterlaten.'

Aura? Waar had hij het in godsnaam over? Ze ritste de slaapzak open en glipte eruit, zonder haar ogen van de meerman af te wenden. Zijn hoofd zakte onder het dolboord alsof hij op het punt stond te vertrekken. Ze stak smekend een hand uit. 'Ga alsjeblieft niet weg!'

Hij kwam langzaam weer in zicht, terwijl het dek onder zijn gewicht kantelde.

Ze rolde op haar knieën en kroop dichterbij. *Houd hem aan de praat.* 'Met hoeveel van jullie soort zijn jullie?'

'Met weinigen.' Zijn stem werd schor naarmate ze dichterbij kwam. Het deed haar denken aan hun eerdere ontmoeting, waardoor haar benen slap werden van de herinnerde extase.

'Wil je weer aan dek komen?'

Hij aarzelde, zijn schaduw bewegingloos in het maanlicht. Toen sprong hij over de rand, net zoals vanmiddag, waardoor er een golf zeewater over haar heen spoelde.

Ze kreeg bijna geen lucht meer. Haar handen klemden zich om de telefoon, maar toch leek ze zich niet te kunnen verroeren. *Hij is amper een meter van je vandaan, in hemelsnaam! Neem die foto!* Toch wachtte ze. De gedachte dat ze hem met een foto zou afschrikken gaf haar een hol gevoel van binnen.

'Waarom kwam je naar mij toe?' Ze schoof voetje voor voetje naar voren, haar ademhaling oppervlakkig.

De golven klotsten ritmisch tegen de romp terwijl hij over haar vraag leek na te denken. Zijn stem bromde zo laag dat het dek waarop ze zat ervan trilde. 'Ik had een geneesmiddel nodig.' Hij strekte een hand uit naar haar borst, maar stopte net voordat hij haar aanraakte. Een moment lang zwoer ze dat zijn hele lichaam dieppaars oplichtte. Hij liet zijn hand zakken. 'Ik zal niet meer van je nemen, Madison.'

Hij draaide zich om om de reling vast te pakken.

Ervan overtuigd dat ze haar kans voorgoed zou verspelen, deed ze een uitval. Haar handen vlogen om zijn heupen en haar gewicht trok hem met een bottenstotende klap terug op het dek. Snel, voordat hij zich kon herstellen, klauterde ze bovenop hem om zijn armen vast te pinnen. 'Ik ben nog niet klaar met je.'

Hij spande zijn spieren aan en tilde haar moeiteloos omhoog, alsof hij wilde bewijzen dat ze hem niet kon vasthouden. Daarna ontspande hij zich en bleef daar liggen zonder tegen te stribbelen. De maan was inmiddels hoog genoeg gestegen om het dek in licht te baden, en zijn ogen glinsterden naar haar met vurig groen en paars licht. Ze was zich plotseling zeer bewust van haar kruis dat tegen zijn stevige buikspieren rustte.

Een langzame glimlach trok zijn mondhoeken omhoog en het puntje van zijn tong gleed naar buiten om zijn bovenlip te strelen. Jemig, deze man was het meest seksueel geladen wezen dat ze zich ooit kon voorstellen. Ze slaakte een zucht. Hij tilde zijn kin op alsof hij genoot van een tropisch briesje. Zijn stem bromde vanuit zijn borstkas rechtstreeks haar kern in met een schokkende intensiteit. 'Je bent een verwarrend vrouwtje.'

Haar greep op zijn armen trilde, alsof haar botten in gelei wilden veranderen. 'Nou, jij bent een intrigerende man. Zeg me alsjeblieft dat je niet weggaat voordat we uitgepraat zijn.'

'Ik sta blijkbaar onder jouw bevel.' Hij trok één wenkbrauw op.

Ze liet zijn armen los, maar bleef schrijlings op zijn torso zitten.

Hij bewoog onder haar, liet zijn armen zakken zodat zijn handpalmen op haar heupen rustten, en zijn duimen cirkelden over de gevoelige kuiltjes aan weerszijden van haar onderbuik. Golven van verlangen schoten door haar dijen. *Laat je niet weer afleiden door hormonen.* Hij was op zijn zachtst gezegd niet helemaal eerlijk. Hij antwoordde haar met dubbelzinnige raadsels over aura's en die onzin. Ze vermande zich en keek even over het dek om het biopsiepijltje te zoeken dat ze had laten vallen. Het lag een paar meter verderop tegen een poot van haar klapstoel.

'Je aura verandert net zo vaak van kleur als een zeekat.' Hij leek zich om haar te vermaken. 'Vertel me wat je nu zoekt, Madison.'

Haar blik schoot schuldbewust terug naar hem. Ze slikte en besloot hem de waarheid te vertellen. 'Ik wil je documenteren.'

'Wat bedoel je?'

'Een verhaal over je schrijven.' Ze overdacht hoe ze op een tactische manier om een monster van zijn vlees kon vragen.

'Ah.' Hij knikte instemmend. 'Jij bewaart de mythen.'

Haar hartslag bonsde in haar keel. 'Geen mythen. Wetenschap. De waarheid.' Bewijzen dat er meervolk bestonden zou in de eerste plaats de mythe ontkrachten. En met haar reputatie zou de wetenschappelijke wereld elke kans aangrijpen om haar te ontmaskeren. Hoeveel data ze ook verzamelde, er zouden altijd mensen zijn die beweerden dat het doorgestoken kaart was. Maar hoe kon ze het niet proberen, met een exemplaar hier recht in haar handen? Tussen haar benen… Ze schudde haar hoofd om het helder te krijgen. 'Als je me een weefselmonster laat nemen, kan ik proberen te bewijzen dat je geen mythe bent.'

Zijn handen klemden zich om haar heupen. 'Je wilt dat mensen weer op ons gaan jagen.'

Ze liet haar handen zakken om de zijne te bedekken, terwijl een koude rilling door haar aderen trok. 'Nee! Nooit jagen.'

'Ik kan je geen verhaal over mij laten schrijven.' Sneller dan ze kon reageren, draaide hij haar om en lag hij boven op haar, zijn gezicht slechts enkele centimeters van het hare. Nu was het haar beurt om haar handen tegen het dek gedrukt te hebben.

Om de een of andere reden was ze niet bang voor hem. Als hij haar had willen verwonden of doden, had hij dat allang kunnen doen. Zijn nabijheid ontstak kleine vuurtjes in haar tepels. Ze weerstond de drang om haar benen om hem heen te slaan. 'Wat ga je doen?'

Een keelachtig gegrom ontsnapte uit zijn mond. 'Ik wil je geen kwaad doen.'

'Help me dan,' smeekte ze.

'Ik kan je niet geven wat je vraagt.'

Ze trok een gezicht, boos op zichzelf om de brandende tranen die in haar ogen opwelden. 'Ik moet terug met gegevens om te publiceren. Ik kan niet de kop-van-jut blijven.'

Zijn greep op haar verzachtte. 'Je was hier niet om mij te vinden. Misschien kan ik je helpen af te maken waar je aan begonnen bent.'

'Alleen als je weet waar ik een wilde hybride dolfijn kan vinden.'

'Je bedoelt K'kee'ei.' De naam was een perfecte imitatie van het gekwetter van een dolfijn. 'Je wilt dus op dolfijnen jagen.'

Hoewel hij zijn gewicht niet op haar borst liet rusten, merkte ze dat ze het plotseling benauwd kreeg. 'Ken je de dolfijn waar ik het over heb? Ik wil hem geen kwaad doen. Alleen de afstamming vastleggen.'

'Een stamboom?'

'Zoiets, ja.'

'Je zult haar geen pijn doen?'

'Nee. Ik wil alleen foto's en afmetingen.' Haar hoop laaide weer op. De wetenschappelijke gemeenschap zou de documentatie van een nieuwe hybride makkelijker accepteren. Misschien kon ze met de hulp van Rubac videobeelden vastleggen die de harde gegevens van de weefselmonsters konden ondersteunen. 'En een huidmonster. Dat kan even prikken, maar het brengt geen echte schade toe.'

Hij leek haar een moment te bestuderen. 'Je aura is oprecht.' Hij rolde van haar af, bleef dichtbij maar belemmerde haar niet langer in haar bewegingen. 'Als je belooft het verhaal van mijn bezoek niet te vertellen, zal ik je bij het eerste ochtendlicht helpen om K'kee'ei te vinden.'

Een glimlach verscheen op het gezicht van Madison en alle schroom die Rubac had gevoeld om haar te helpen, smolt weg.

Ze stak haar hand uit en legde die op zijn borst; het contact voelde warm en uitnodigend aan, precies boven zijn hart. Haar stem klonk schor van opwinding toen ze zei: 'Echt waar? Dank je wel.'

Haar aanraking zette zijn bloed in vuur en vlam en wekte instincten die hij helemaal niet hoorde te voelen. Hij was nog steeds bang dat hij haar aura zou beschadigen, haar geest zou stelen. Maar ze slaakte een zachte kreun, terwijl haar blik over zijn lippen en naar beneden gleed. Verlangen naar haar explodeerde in pure behoefte. Zijn impulsen lieten zich niet langer negeren, zeker niet nu zijn borst tintelde door het contact van haar hand en zijn hunkering om meer van haar om zich heen te voelen hem verteerde.

Hij sloot zijn vingers om haar nek en opende zijn mond voor haar, terwijl hij haar met zijn tong verkende. Zijn andere hand vond haar borst, waarbij de katoenen top ruw aanvoelde tegen zijn handpalm. Hij duwde de stof omhoog om haar blote huid te kunnen aanraken. Hij had meer nodig. Hij liet zijn hand over haar ribben en haar onderrug glijden, zo haar broek in, om haar billen te omklemmen. Ze kreunde tegen zijn mond.

Diep in zijn ziel maakte hij zich zorgen dat hij een fout maakte, dat hij van haar stal, dat hij meer nam dan hij kon geven. Hij duwde haar achterover tegen het dek en strekte zich over haar uit, waarbij hij haar hoofd ondersteunde terwijl ze op het harde oppervlak zakte. Ze sloeg haar armen om hem heen en haakte beide benen om zijn heupen, waardoor zijn penis tegen de holte van haar hitte kwam te rusten. Die beweging stelde hem gerust dat ze geen energieverlies voelde. Ze wilde hem net zo graag als hij haar.

Hij verbrak de kus en liet zijn lippen over haar kaaklijn glijden tot hij bij haar oor was. Hij nam haar zachte oorlel tussen zijn tanden en knabbelde er voorzichtig aan. Een rilling trok door haar lichaam. Hij neuriede diep, waarbij hij haar aura raakte met de trilling van zijn stem, en een volgende rilling voer door haar heen. Hij verplaatste zijn hand naar haar met stof bedekte geslacht en genoot van de vochtigheid die erdoorheen sijpelde.

Zijn penis trok samen, jaloers op zijn vingers. Hij wilde zichzelf in haar verliezen. Maar hij moest het rustiger aan doen, ervoor zorgen dat hij net zoveel of meer gaf dan hij nam. Dat was de sleutel tot deze vereniging. Ervoor zorgen dat het vrijen een sublieme uitwisseling van energie was die in een eindeloze stroom van genot tussen hen cirkelde.

Hij liet zijn hand opnieuw onder de tailleband van haar broek glijden, dit keer aan de voorkant, en duwde het dunne slipje opzij dat haar schaamlippen bedekte.

Ze was vochtig en er klaar voor, en tilde uit een dringende behoefte haar heupen naar hem op. Hij cirkelde met zijn vingers rond haar opening. De hitte en warmte daar lieten hem grommen van verwachting. Hij duwde twee vingers in haar en ze snakte naar adem.

Haar handen fladderden naar beneden om de sluiting los te maken, om de belemmerende kleding uit en weg te duwen. Hij trok zich terug en rolde opzij om toe te kijken hoe ze met de stof worstelde, waarbij amusement zich met zijn verlangen mengde.

Ze draaide zich weer naar hem toe, haar prachtige naakte benen nu vrij en het donzige heuveltje van haar schaamstreek blootgesteld aan zijn hongerige blik. Haar ogen dwaalden omlaag naar waar zijn penis wachtte, bevrijd uit zijn omhulsel, brandend om door haar aangeraakt te worden. Maar hij moest eerst voor haar genot zorgen. Om er zeker van te zijn dat ze vervuld en verzadigd zou achterblijven.

'Nog niet. Ik wil zien hoe je klaarkomt,' zei hij.

Haar blik schoot weer omhoog naar de zijne, een protest op haar lippen. Hij kwam naar voren en nam die in bezit voordat ze kon spreken. Zijn hand vond opnieuw haar opening, op zoek naar haar glibberige diepten. Hij kromde zijn vingers en streelde haar kern, genietend van de manier waarop haar lichaam sidderde en ze zich in een sappige reactie steviger om hem heen sloot. Hij voegde een derde vinger toe en bewoog ze in haar, waarbij hij haar streelde tot zijn hand doordrenkt was van haar opwinding.

Haar ademhaling versnelde. Bij elke inademing kwamen haar borsten omhoog, waardoor haar harde tepels tegen het dunne shirt drukten. Hij liet zijn vingers naar binnen en naar buiten glijden, waarbij hij de snelheid en de hoek van zijn bewegingen aanpaste om haar naar de rand te drijven.

Telkens wanneer haar geslacht trilde en haar ademhaling stokte, veranderde hij de diepte en stelde hij haar ontlading uit. Hij wilde dat haar potentieel op zijn hoogtepunt was als ze klaarkwam. Haar aura vonkte en laaide op met karmozijnrode zonnestralen naarmate haar opwinding het toppunt naderde, tot een bijna verblindend niveau van hitte.

'Rubac, alsjeblieft.' Ze wiegde met haar heupen tegen zijn hand.

Toch wilde hij haar naar nog grotere hoogten stuwen. Hij verving zijn vingers door zijn tong. Ze smaakte zoet en aards, haar lippen smolten weg in haar eigen rijke sappen. Hij liet beide handen onder haar billen glijden en verkende haar diep met zijn mond. Haar glanzende, korte krullen kietelden zijn neus en omringden hem met haar heerlijke geur. Hij concentreerde zich op het opwinden van haar, terwijl hij de hartslag van haar aura over haar huid zag trekken.

'Zeg dat je van mij bent,' bromde hij tegen haar geslacht, en hij bewoog zijn hoofd om het ritme van zijn stimulatie op te voeren.

'Ja, alles. Ja!' Ze bokte en spande zich aan, en hij klemde zijn handen onder haar billen om haar te helpen zich op zijn tong te spietsen.

Hij bromde opnieuw, liet het geluid vanuit zijn keel opstijgen en genoot van de manier waarop ze als reactie daarop huiverde. Ze was perfect. Zo volmaakt. Hij liet de trilling van zijn stem in haar gevoelige lippen trekken en haar hoger voeren.

'O, daar, alsjeblieft, dáár.'

Hij liet zijn tong vlug in haar glijden en voelde de lichte verandering in de spieren van haar kern. Ze was er bijna. Klaar om over de rand te storten. Hij wilde zich bij haar voegen. Terwijl hij zijn tong terugtrok, gleed hij omhoog om hen oog in oog te brengen, waarbij hij op zijn armen steunde om haar in de ogen te kijken. Haar prachtig smeltende bruine ogen.

Ze sloeg haar benen weer om hem heen en duwde haar heupen omhoog om zijn stoot op te vangen. Hij ging bij haar naar binnen en zonk tot de steel in haar hitte. Met een trillende zucht ontsnapte haar adem. Terwijl hij haar nog steeds in de ogen aankeek, trok hij zich terug en ging weer naar binnen, langzaam, doelgericht. Diep. In en uit, heupen tegen heupen, stootte hij in haar, met een gestage vaart in haar nauwer wordende kern.

Haar aura flitste wit en heet op bij de eerste rimpelingen van haar orgasme. Zijn penis leek te reageren door groter en harder te worden, als tegenhanger van haar pulserende kern. Hij stootte keer op keer in haar, terwijl hij zag hoe ze haar hoofd achterover boog en zich overgaf aan de extase, totdat zijn eigen ontlading die van haar ontmoette in een bijna verrassende explosie van genot die hem deed duizelen. Hij pompte zijn zaad diep in haar, elke spier trillend, totdat hij zich niet langer omhoog kon houden en boven op haar ineen zakte.

Ze zuchtte, en haar adem kietelde zijn baard en het haar boven zijn oor. Met slappe handen streelde ze zijn armen en ribben, wat tintelingen van tevredenheid over zijn huid stuurde. Hij opende zijn ogen en ademde tegen haar nek. Haar huid was glad van het zweet en hij kuste haar, waarbij hij het zout op haar huid proefde. Haar aura gloeide in een gezonde gouden tint; het karmozijnrood ebde weg tot een dralend roze.

Hij tilde zijn hoofd op en keek haar in de ogen. Ze glimlachte breed naar hem terug en klemde haar armen om zijn middel. Zijn wereld kromp ineen tot dat ene, enkele moment en hij besefte dat hij werkelijk vrij was. Vrij om alles te doen en overal heen te gaan. Om zijn eigen keuzes te maken. Zijn eigen man te zijn. En ondanks alles wilde hij maar één ding. 'Ik kies voor jou,' zei hij, en hij boog zijn hoofd om haar te kussen.

EPILOOG

In de twee maanden sinds ze Rubac had ontmoet, was Madison haar appartement kwijtgeraakt, had ze haar baan opgezegd en was ze de wetenschappelijke ontdekking van de eeuw misgelopen. En ze was nog nooit zo gelukkig geweest. Met de hulp van Rubac had ze een razend populaire documentaire gemaakt over K'Kee'ei en de dolfijnengemeenschap. Ze had een boot gekocht en leidde nu een vrijgevochten leven op de oceaan. En ze had een partner die nog meer van de oceaan hield dan zijzelf. Ze kon zich geen beter leven wensen.

Ze richtte haar verrekijker op de plek waar ze Rubac voor het laatst had zien duiken, terwijl ze zenuwachtig op een vingernagel beet. Vandaag zaten ze achter haaien aan—nou ja, Rubac dan. Hij had haar verzekerd dat hij voor zichzelf kon zorgen, maar tijdens zijn filmsessies was hij al meer dan eens teruggekomen met blauwe plekken en snijwonden. Hij kon dichter bij de wezens van de zee komen dan welke menselijke duiker ook, en ze had de rechten voor een tweede film al verkocht.

Haar carrière als maker van maritieme documentaires had het stigma van haar universitaire scriptie meer dan overleefd, maar de meningen van de wetenschappelijke gemeenschap waren wel het laatste waar ze zich nog druk om maakte. Ze had nooit gedacht dat haar grootste ontdekking deze man zou zijn—een wezen dat zo speciaal was dat ze hem nooit met de rest van de wereld zou delen. Ze bracht haar dagen nu op zee door met filmen of de liefde bedrijven, soms aan dek en soms in het water.

Een donker hoofd doorbrak het water op ongeveer honderd meter afstand en Rubac rees als een dolfijn boven de oppervlakte uit terwijl hij terug naar de boot zwom.

'Hé, wees een beetje voorzichtig met de apparatuur!' riep ze, waarbij ze telkens een gezicht trok als hij het water raakte. Waterdicht betekende niet onverwoestbaar, en als hij hem zou beschadigen, zou ze tijd aan wal moeten doorbrengen om hem te repareren.

Hij bereikte de zijkant en hield de camera omhoog zodat zij hem kon aanpakken, voordat hij zichzelf op het dek lanceerde. 'Ze lieten me flink werken vandaag.'

Ze legde de camera opzij en controleerde zijn gespierde lichaam op sneden of blauwe plekken. 'Ik vind het niks als je zulke risico's neemt.'

Hij pakte haar hand en drukte haar palm tegen zijn lippen. 'Risico's nemen is de enige manier om vrij te zijn.'

Ze leunde naar voren en streelde over zijn bebaarde wang. Haar tepels tintelden door zijn nabijheid en ze tilde haar knie over hem heen om schrijlings op zijn staart te gaan zitten. Hij had haar verteld dat zijn broer op magische wijze benen had gekregen nadat hij een band met een mens was aangegaan, maar Rubac zou dat nooit krijgen. Benen waren alleen mogelijk door de magie van een paringsband, en Rubacs vaste partner was dood. Maar Madison vond het niet erg. Hun liefde was echt. Hij had voor haar gekozen; hij was niet gedwongen door magie.

Bovendien had ze, met staart of benen, nog nooit een man gehad die haar zo goed kon bevredigen als Rubac.

Hij grijnsde en rolde haar op haar rug, terwijl hij de plooien van haar doorweekte sarong opzij duwde. Zijn blik streelde haar ontblote buik en bleef rusten tussen haar dijen. Ze spreidde haar benen om meer te laten zien en zijn ogen werden donkerder. Hij gleed met zijn handen langs haar zijden en bedekte haar met zijn lichaam. Zijn handen gleden onder haar billen en met één snelle stoot drong hij haar gewillige lichaam binnen.

De plotselinge volheid deed haar naar adem happen en haar rug krommen, terwijl haar binnenste muren verrukkelijk om zijn lid pulseerden. Ze sloeg haar benen om zijn heupen en trok hem dieper naar binnen.

Rubac sloot zijn ogen en ontblootte zijn tanden in voortreffelijk beheerste extase. 'Wat je met me doet, mens.'

Hij draaide met zijn heupen, gleed tegen haar clitoris en zorgde ervoor dat haar zicht vertroebelde. Ze tilde haar hoofd op en ving zijn mond in een kus. Hij beantwoordde de kus en drong met zijn tong bij haar naar binnen in hetzelfde ritme als zijn langzame, rollende stoten.

Ze kreunde en duwde tegen hem aan, op het punt van een hoogtepunt. Hij slaagde er altijd in haar daar zo snel te krijgen en kon haar lichaam met meesterlijke intentie bespelen. Hij bleef haar kussen en in haar pompen, in en uit, waarbij hij de wrijving intensiveerde totdat de druk binnenin Madison tot onmogelijke hoogten steeg.

Haar orgasme sloeg in als de bliksem en rolde als de donder door haar heen, waarbij alles behalve het hier en nu wegviel. Hij bleef krachtig in haar stoten, terwijl zijn spieren zich spanden en samentrokken terwijl zij klaarkwam. Een golf van hitte vulde haar toen hij zijn eigen ontlading vond, wat een nieuwe schok van genot door haar midden stuurde die haar deed sidderen.

Hij hield op met bewegen, zijn ademhaling zwaar en onregelmatig terwijl hij op zijn ellebogen steunde, neus aan neus met haar. Ze opende haar ogen, waarvan ze niet had gemerkt dat ze ze gesloten had, en zag hoe zijn smaragdgroene ogen in haar ziel staarden.

'Ik hou voor altijd van je, Madison.'

Ze glimlachte tevreden. 'Ik hou ook voor altijd van jou, Rubac.'

In het maanlicht wierp de boot een lange, inktzwarte schaduw over het wateroppervlak. Rubac dobberde naast het dolboord en staarde naar zijn broer die op het dek stond. *Benen.* Dat zicht deed Rubac nog steeds versteld staan.

Het gelach van een peuter borrelde op uit de kajuit van de boot, gevolgd door zacht, vrouwelijk gelach. Brianna en Madison hadden wat zij 'meidentijd' noemden, terwijl ze boven de nakomeling van Zantu hingen. Een *vrouwelijke* nakomeling—ongehoord onder zeekinderen, die tot de puberteit geslachtsloos blijven.

Rubac was nog steeds een beetje in shock door de onverwachte hereniging. Madison had Brianna en Zantu opgespoord tijdens haar meest recente reis naar de kust en was teruggekomen met verrassingsgasten. Ze had keer op keer bewezen dat menselijke vrouwen niet als zeemeerminnen waren. Zelfs nu lachten de vrouwen met een ongedwongen kameraadschap die in volledig contrast stond met de vicieuze pikorde binnen meerminnengroepen.

Zantu stapte uit zijn korte broek en gooide die op een van de kussens naast het dolboord. 'Ebby is me komen opzoeken.' Zijn diepe stem klonk anders in de lucht, rauwer en minder zingend dan onder de golven. 'Al voordat ze haar geslacht koos.'

'Bij de diepten! En je dacht er niet aan om me te vertellen dat mijn kind onbeschermd eropuit glipte?' Rubac plaatste een hand plat tegen de romp om te voorkomen dat een golf hem ertegenaan duwde.

Zantu wierp hem een zijdelingse blik toe, zijn zilveren ogen glinsterend in het maanlicht. 'Je was niet bepaald beschikbaar voor een praatje sinds ik een partner heb gevonden.'

Een vlaag van spijt spoelde over Rubac. Hoewel hij zijn broer sinds de paring in de gaten had gehouden, was hij de kust nooit genaderd, onzeker of menselijke vrouwen wel zo goedaardig waren als Zantu beweerde. Nu hij met Madison was, moest hij erkennen dat Zantu gelijk had gehad. Madison was loyaal en vriendelijk en gaf hem dingen waarvan hij niet eens wist dat hij ze nodig had. Hij stelde zich voor dat Brianna hetzelfde was voor Zantu.

Het gelach van het kind barstte los uit de kajuit en kleine voetjes trippelden over het dek. Zantu ving de kleine gedaante op voordat deze de reling bereikte. 'Camilla, je hoort te slapen.'

'Zwemmen!' Camilla stak een mollig handje uit naar het water waarin Rubac dreef.

'Het is te laat om te zwemmen. Dat mag morgen.' Hoewel Zantu met schijnbaar gemak kon wisselen tussen land- en zeevormen, zei hij dat het kind nog geen enkel vermogen had getoond om een staart te vormen.

Camilla zette een keel op en begroef haar gezichtje tegen Zantu's schouder.

Madison kwam gehaast de kajuit uit. 'Sorry, ze is sneller dan ik had verwacht.'

Brianna volgde direct achter haar aan. Ze reikte naar het kind. 'Ik heb haar al.'

Meerminnen hadden weinig moederinstinct en lieten hun baby's meestal binnen enkele dagen na de geboorte aan de vader over, maar Brianna troostte het kind met gracieuze natuurlijkheid. Rubacs blik schoot naar Madison, en hij vroeg zich af of zij zo voor een kind zou zorgen. Zou hij daar ooit achter komen?

Madison keek met duidelijke ongemakkelijkheid naar Zantu's naaktheid en liep naar het dolboord om haar blik op Rubac te richten. 'Ik dacht dat jullie tweeën al weg zouden zijn, om met de bruinvissen te spelen of wat jullie ook van plan zijn.'

Het voelde nog steeds vreemd om een vrouw te hebben die in geen enkele andere man geïnteresseerd was dan in hem. Maar het beviel hem. Hij zei: 'We hadden het over Ebby.'

Camilla's slaperige hoofdje schoot omhoog en ze keek om zich heen. 'Ebby?'

'Ze is hier niet, kleintje.' Zantu streelde over haar haar totdat ze weer tegen de schouder van haar moeder aan kroop.

Madison fronste haar wenkbrauwen. 'Ebby? Je dochter, bedoel je?'

Dochter. Het woord was vreemd voor hem, aangezien zeekinderen geslachtsloos waren tot de puberteit, maar hij veronderstelde dat dat was wat Ebby nu was. 'Het schijnt dat ze het nest van mijn broer bespioneert.'

Brianna schudde haar hoofd. 'Ik zou het geen bespioneren willen noemen. Ze is erg beleefd.'

'Je hebt haar goed opgevoed, broer,' voegde Zantu eraan toe.

Madison keek Rubac ongelovig aan. 'Je zei dat Ebby in een monster was veranderd. Hoe kan ze Zantu dan bezoeken?'

'Meerminnen *zijn* monsters,' antwoordde Rubac en hij keek zijn broer nors aan. 'Je bent onvoorzichtig. Je zou je nest moeten verplaatsen.'

Zantu haalde zijn schouders op. 'Na mijn gesprekken met Ebby geloof ik niet dat alle meerminnen in monsters hoeven te veranderen. Ebby heeft een opmerkelijke beheersing getoond.'

Madison trok het T-shirt uit dat ze over haar badpak droeg en gleed het water in, waarbij ze zich naar hem toe duwde. 'Is het mogelijk dat je het mishebt? Ze zou haar eigen vader of de oom die haar heeft helpen opvoeden toch geen kwaad doen?'

'Je begrijpt het niet.' Rubac sloeg zijn arm om Madisons middel en trok haar dicht tegen zich aan, terwijl hij haar in het water naast zich ondersteunde. 'Ebby is niet menselijk. Of een kind. Ze is een meermin. Ze kunnen hun wrede vrouwelijke aard niet weerstaan, zelfs niet in de buurt van hun eigen vaders of ooms.'

Zijn borst trok samen toen hij terugdacht aan al de jaren waarin hij er vreugde in had gevonden Ebby's vader te zijn. Het kind was zijn enige troost geweest telkens wanneer zijn partner hem in de steek liet om andere mannen op te zoeken. Ebby was sterk geweest tijdens zijn zwakte. Het had hem niet moeten verbazen dat ze ervoor koos om vrouw te worden.

Madison sloeg haar armen om zijn nek. 'Ongeacht haar gekozen geslacht, ze is nog steeds het kind dat je hebt opgevoed. Ik weet zeker dat ze van je houdt.'

Ondanks zijn oprechte overtuiging dat hij Ebby kwijt was, voelde hij een sprankje hoop; Madison had dat effect op hem. Hij glimlachte naar haar en raakte haar lippen aan met de zijne. 'Misschien. Maar het is onmogelijk om het hart van een meermin te kennen.'

'Goed dan, broer.' Zantu liet zich gracieus in het water zakken, waarbij zijn menselijke benen glinsterden en samensmolten tot een glanzende zilveren staart. 'We kunnen maar beter op avontuur gaan voordat de zon de haaien wakker maakt. Ik heb genoeg ontmoetingen met die beesten gehad voor een heel leven.'

Madison kuste zijn wang en zwom naar de boot. 'Veel plezier. Kom snel weer bij me terug.'

'Altijd,' antwoordde Rubac, terwijl hij nog steeds aan Ebby dacht. Als hij zijn vloek kon verbreken en liefde kon vinden bij een tweede partner, was het dan mogelijk dat Ebby het onvermijdelijke ook zou kunnen overwinnen?

Hij schudde zijn hoofd, nog niet klaar om nu over zulke dingen na te denken. Zantu was hier, en hij ging van deze tijd met zijn broer genieten zolang het kon. Met een hoekduik volgde hij het spoor van bellen dat Zantu had achtergelaten op weg naar het kelpwoud.

Beste lezer,

Bedankt voor het lezen van Rubacs verhaal! Er wacht je nog meer spannende onderwaterromantiek in het volgende boek: **Het hart van de zeemeermin**, waarin Rubacs kind Ebby de hoofdrol speelt.

Een jonge zeemeermin die vecht tegen haar eigen natuur. Een mens die haar dodelijke gezang niet kan horen. En een verboden band die hen beiden zou kunnen vernietigen...

Lees verder voor een fragment!

Liefs,
Tamsin Ley

P.S. Zorg ervoor dat je het eerste boek in de serie leest: *De kus van de zeemeerman*.

FRAGMENT UIT HET
HART DE ZEEMEERMIN

*C*ruz keek hoe zijn vriend, Jake, met een vinger over de blote arm van een overdreven gebruinde blondine gleed en iets zei waardoor ze giechelde. Het dek van de partyboot was afgeladen met beschonken doelwitten en blijkbaar was Jake vastbesloten om ze stuk voor stuk te palmen. Deze vakantie had een duikexpeditie moeten zijn en Jake had hem verteld dat ze vandaag zouden gaan snorkelen, maar tot nu toe had nog niemand zelfs maar een teen in het water gestoken.

Cruz ving de blik van zijn vriend en gebaarde: 'Ben je klaar voor een duik?'

Jake gaf hem een ondeugende grijns die hem

vertelde van niet en stak van wal met een van zijn typische grappen.

Zuchtend keek Cruz uit over het schitterende water, terwijl hij zich het geluid van de golven tegen de romp en de roep van meeuwen in de verte voorstelde. Sinds zijn zevende was hij doof en hij herinnerde zich de geluiden vaag van tv-programma's die hij had gezien. Hij had ook geleerd dat zijn stem nogal onaangenaam overkwam en hield daarom meestal zijn mond.

De geur van kokosbodyolie woei zijn kant op en hij richtte zijn aandacht weer op het gesprek, terwijl hij iets te laat—en mogelijk te luid—lachte om Jakes clou.

Een roodharige fronste haar wenkbrauwen, haar door sangria bevlekte lippen vormden de woorden: 'Wat is er met hem?'

Wetende dat Jake op het punt stond de dovenkaart te trekken—meiden vielen bijna net zo hard op een man met een dove vriend als op een man met een puppy—dwong Cruz een goedaardige glimlach op zijn gezicht en gebaarde: 'Ik ga naar kreeft duiken.'

Jake tilde bij wijze van erkenning zijn kin op in Cruz' richting en bleef tegen de blondine praten.

Cruz liep naar de achterkant van de boot en pakte een snorkelmasker. Hij dook het weldadig koele water in en zwom met krachtige slagen naar een rotsachtige overhang in het rif. Hij had altijd al van duiken gehouden; onder water was doofheid geen enkel probleem. Normaal gesproken gaf hij de voorkeur aan een volledige duikuitrusting, hoewel hij ook uitstekend kon vrijduiken. Hij had een scherp oog voor het opsporen van langoesten op de zanderige bodem en had in één zomer zelfs genoeg verdiend om zijn huur te betalen door ze aan een plaatselijke markt te verkopen.

Binnen de kortste keren spotte hij een blauwgroen schaaldier. Hij boog af om het bij het rugschild te grijpen en was op het punt omhoog te schieten toen hij een van de partymeiden zag die achter kantachtig groen zeewier naar hem gluurde. Er was dus toch tenminste één iemand die zijn voorbeeld had gevolgd en een duik was komen nemen. Haar lange donkere haar deinde om haar gezicht en haar felrode lippenstift glansde zelfs onder water levendig.

Hé. Hij had niet gedacht dat een van die vrouwen van de boot zich echt nat zou willen maken—althans, niet met water. Zijn borst begon te branden van de behoefte om te ademen, maar hij hief de kreeft als groet en maakte een eetgebaar. 'Eten?'

De vrouw opende haar mond alsof ze wilde spreken en wenkte hem met één hand naar zich toe.

Is ze geïnteresseerd? En ze hield ook nog van zwemmen. Misschien was die partyboot toch niet zo'n slecht idee geweest.

Grijnzend wees Cruz naar de oppervlakte en zwom omhoog, terwijl hij zijn ogen op de vrouw gericht hield.

Een flits van bleke huid, zwart haar en rode... benen? schoot in een waas op hem af.

Verschrikt stopte hij met zwemmen. Een vrouw met golvend paars haar rees van achter hem omhoog, zo dichtbij dat haar naakte borsten langs zijn arm streken. Ze trok zijn gezicht naar het hare en klemde haar lippen op de zijne in een kus. *Dit gaat wel erg snel, zelfs voor een ladderzatte cruise.* Haar haar hulde hem in een paarse mist die zijn zicht belemmerde. De kreeft glipte uit zijn vingers. Hij greep haar handen vast en probeerde ze van zijn wangen weg te trekken, maar verdorie, die vrouw had een krachtige greep. Zijn longen schreeuwden om zuurstof.

De vrouw bleef niet alleen haar tong tussen zijn lippen dwingen, maar drukte ook haar borsten en heupen tegen hem aan alsof ze bereid was om ter plekke de daad bij het woord te voegen.

Wat de fuck? Onmachtig om zich los te maken zwom hij voor wat hij waard was naar de oppervlakte en sleurde haar met zich mee omhoog.

Een tweede, duidelijk vrouwelijk, lichaam drukte zich tegen zijn rug. Het snorkelmasker werd van zijn hoofd gerukt terwijl twee paar handen hebberig over zijn huid gleden.

Hij worstelde tegen hen, terwijl er bellen uit zijn mond en neus ontsnapten. *Hoe kunnen ze hun adem zo lang inhouden?*

Een hand reikte om hem heen, gleed in zijn zwembroek en greep zijn lid vast.

De lucht verliet zijn longen in een grote stoot. *Godverdomme!*

Hij verzette zich tegen het binnenkrijgen van die noodlottige eerste hap water. Dit kon niet echt zijn, onder water door prachtige vrouwen aan stukken gescheurd worden. Zijn hoofd werd duizelig door het gebrek aan zuurstof. Terwijl hij zijn ogen sloot, voelde het alsof dit wel een nare droom moest zijn.

Een droom. Hij moest wel dromen. Er was geen andere verklaring—tenzij hij al dood was…

Hij zoog een teug water naar binnen.

En toen nog een.

Zijn ogen openden zich en zagen de gesproete wangen van de vrouw met het paarse haar die hem nog steeds in een kus gevangen hield. Ze wreef haar lenige lichaam tegen hem aan, waarbij haar tepels de fijne haartjes op zijn borstkas prikkelden.

Als dit een droom is, kan ik er maar beter in meegaan.

Terwijl hij de heupen van de vrouw vasthield, merkte hij de afwezigheid van een bikinibroekje op. Dit was de meest levendige droom die hij ooit in zijn leven had gehad. Hij kon zweren dat hij zelfs de geur van seks van haar huid voelde opstijgen en zich in het water verspreiden. Hij sloeg beide handen om haar onderrug en drukte zijn opwinding hard tegen haar vlees.

Ze kronkelde van zichtbaar genot en verbrak de kus om aan zijn kaaklijn te knabbelen. Terwijl ze zich omlaag werkte naar zijn keel en borst, glibberde de vrouw achter hem over zijn hoofd om de kus van bovenaf over te nemen. Voordat haar krans van haar zijn omgeving weer blokkeerde, meende hij een enorme paarse staartvin voor zich te zien uitwaaieren...

Zijn zwembroek werd van zijn heupen naar beneden getrokken.

Hoezeer hij ook van de oceaan hield, hij had er nog nooit een seksdroom over gehad. *Dit is geweldig.* Zijn hele bloedbaan zinderde van verlangen.

Een stevige tong streelde de eikel van zijn lid. Zijn heupen schokten onwillekeurig en een kreun steeg diep uit zijn borst op. Hij wist niet waar hij zijn handen moest laten—bij de vrouw aan zijn kruis of bij de vrouw die haar tong in zijn mond plantte. Hij koos voor elk een hand, liet zijn vingers in hun haar verstrikt raken en kuste terug met behendige halen van zijn tong. Vlak boven zijn hoofd deinden de borsten van zijn kuspartner, met tepels zo rood als maraschinokersen.

De kers op de taart, dacht hij, terwijl hij besefte dat hij zich een beetje beschonken voelde. *Waarom niet?* Het was zijn droom. Hij kon doen wat hij maar wilde. Hij reikte omhoog om er een binnen het bereik van zijn mond te trekken toen een derde paar handen over de borsten streek. Sierlijke vingers en een gouden huid die zo donker was dat ze dichter bij bruin dan bij goud lag, knepen in de tepels en verleidden ze tot scherpe puntjes.

Terwijl hij zijn gezicht uit de kus trok, probeerde hij een betere blik op zijn partners te werpen, maar vingers met lange nagels trokken hem ruw terug op zijn plaats. Ergens in zijn achterhoofd vroeg hij zich af hoe dwingend deze fantasie was. Hij had niets tegen een vrouw met eetlust, maar hield er over het algemeen wel van om zelf een beetje de koers te bepalen. Op dit moment voelde hij zich niets meer dan een speeltje.

Drie paar handen en drie monden streelden zijn huid, zijn lippen, zijn kruis. Hij kon hun aanrakingen niet snel genoeg beantwoorden: gladde borsten en harde tepels onder zijn handpalmen, een slanke nek, zijdezacht haar dat tussen zijn vingers door glipte. Maar telkens wanneer hij naar dat lekkere plekje tussen hun benen reikte, trokken ze zich buiten bereik terug.

Toen greep een van hen zijn heupen en drukte haar bekken tegen het zijne. De vertrouwde, omhullende warmte van haar liet hem bijna klaarkomen. *Heilige moeder Gods, geen condoom.* Maar goed dat dit een droom was. Ze pompte woest tegen hem aan. Hij greep achterom en pakte haar kont vast, om vervolgens zonder waarschuwing weggerukt te worden.

Donker haar vulde zijn blikveld. Punttanden flitsten achter karmozijnrode lippen. Hij knipperde met zijn ogen toen hij besefte dat de donkergetinte vrouw met het schitterende gouden haar ook een felgouden staart leek te hebben in plaats van benen. *Wat de fuck?* Hij wist dat meerminnenspel een ding was, inclusief kostuumstaarten en zo, maar deze vrouwen waren verdomme zo echt.

Hij probeerde achteruit te gaan en duwde tegen de bleke schouders van de vrouw met de karmozijnrode lippen. Een klein wit kettinkje dat eruitzag als een wensbotje bengelde aan een koord tussen haar naakte borsten. Onder haar navel lichtte haar vlees op in dezelfde kleur als haar mond. Het lichtte op en vloeide samen tot vinnen en een staart.

De staart van een vis.

Het besef explodeerde in hem als een hap lucht na een lange duik. Hij duwde harder en kreeg een beter zicht op de omgeving. De rotsen en het rif waren nergens meer te bekennen, evenmin als de schaduw van de partyboot aan de oppervlakte. Ze waren afgedreven naar een torenhoog kelpwoud; het gefilterde zonlicht was nu wazig en groen. Ondanks zijn afnemende interesse hadden zijn partners niets van hun vurigheid verloren en bleven ze krabben, stoten en tasten, waarbij ze gefrustreerd leken te raken door zijn gebrek aan aandacht.

Werktuiglijk beantwoordde hij hun liefkozingen. Gaf hun wat ze wilden. Als hij dat niet deed, had hij geen idee wat er zou kunnen gebeuren. Dit was geen droom en dit waren geen gewone vrouwen.

Hij was onder water.

Hij was aan het ademen.

En hij was omringd door zeemeerminnen.

OVER DE AUTEUR

Ooit dacht ik dat ik biomedisch ingenieur wilde worden—maar experimenten uitvoeren op laboratoriummuizen leidt niet altijd tot een 'en ze leefden nog lang en gelukkig'.

Nu combineer ik mijn nerdy fascinatie voor wetenschap met karaktergedreven romances en gegarandeerd gelukkige eindes.

Mijn monsters vinden altijd hun fated mate—te midden van pittige heldinnen, gekwelde helden en alle pikante avonturen die ze aankunnen. Ik beloof dat mijn verhalen je nooit in het ongewisse zullen laten al zou het zomaar kunnen dat je daarna hunkert naar meer!

Als ik niet aan het schrijven ben, vind je me in de tuin of de keuken, terwijl ik samen met mijn man Alaska verken of bezig ben met de voorbereidingen op de zombie-apocalyps. Ook haak ik graag terwijl ik Netflix-series bingewatch, speel ik videogames en breng ik quality time door met mijn gezin tijdens onze wekelijkse D&D-sessies.

Wil je meer over mij weten? Word dan lid van mijn VIP-lezersgroep en ontvang exclusieve bonuscontent, updates en gratis verhalen!

news.tamsinley.com/VxUtr8

OOK VAN TAMSIN LEY

FANTASY ROMANCE

Gebonden aan monsters

Tritonen, centaurs en djinn ontdekken de liefde naast hun menselijke fated mates.

<u>Binnenkort</u>

SCIENCE FICTION ROMANCE

Alien fated mates—Intergalactisch datingbureau

Alien shapeshifter-krijgers doorkruisen de melkweg op zoek naar hun menselijke fated mates.

Alien piratenbruiden—Fated mates tussen de sterren

Buitenaardse piratenkapiteins ontvoeren menselijke vrouwen voor gevaarlijke missies—en ontdekken hun voorbestemde zielsverbinding tussen de sterren.

PARANORMALE ROMANCE

De Alaska alphas—Wilde shifter romance

Sexy alpha shifterhelden en ontembare heldinnen in de
wilde natuur van Alaska.